COLLECTION FOLIO

Richard Millet

Le renard dans le nom

Récit

Gallimard

© Éditions Gallimard, 2003.

Né à Viam, en Corrèze, en 1953, Richard Millet a passé son enfance au Liban. Il vit et travaille à Paris. Romancier, essayiste, il a publié une trentaine d'ouvrages, parmi lesquels *Le sentiment de la langue*, récompensé par le prix de l'Essai de l'Académie française en 1994, *La gloire des Pythre* (Folio n° 3018), *Lauve le pur* (Folio n° 3588), *Ma vie parmi les ombres* (Folio n° 4225), *Le renard dans le nom* (Folio n° 4114), *Le goût des femmes laides* (Folio n° 4475).

*La bouche, fait-il, soit honie
qui s'entremest de noise faire
a cele eure q'el se doit taire.*

Le Roman de Renart

I

Une histoire hors du temps, comme tout ce qu'on raconte, peu importe sa vraisemblance ou le poids d'un passé pesant comme autant de cailloux dans la bouche de celui qui parle, dit ma mère ; quelque chose qui pourrait s'être passé il n'y a pas si longtemps, par exemple quand l'Algérie était à feu et à sang et qu'on voyait apparaître sur les murs de nos villes et jusque dans la lointaine Siom des croix de Lorraine, des OUI et des NON, des slogans rageurs ; quelque chose qui a eu lieu alors que tu étais à peine né, trop petit en tout cas pour comprendre ce qui se passait au-delà des collines de Siom, et que je pourrais raconter comme si ça s'était passé il y a plus longtemps, à une époque bien plus troublée, plus noire, une des deux guerres mondiales, ou beaucoup plus loin encore, dans un autre siècle, lorsqu'il n'y avait à Siom que quelques bicoques à toit de chaume autour de l'église et de son clocher-mur, au pied duquel s'arrêtaient pour dormir, sous le chêne de la place, ceux qui marchaient vers Compostelle, pèlerins poussiéreux semblables à des arbustes poussés là pendant la nuit, serrés les uns contre les autres dans leurs grands manteaux pareils à de l'écorce de bouleau déchirée à travers quoi on aurait pu l'entrevoir, ce chemin de saint Jacques qui allait se perdre dans ce qui était encore la vraie nuit.

Une histoire qu'il faut donc raconter comme si elle venait d'avoir lieu, notre époque étant, après tout, aussi barbare que ces temps reculés où les gueux ne bénéficiaient pas de la Sécurité sociale, où ils savaient qu'ils seraient les premiers à entrer au Royaume, et où ce qui n'est pas de ce monde comptait autant que les choses visibles. Ils devaient aussi le savoir, ceux qui tombaient sous les balles ennemies en appelant leur mère, comme toi, mon fils, dans tes cauchemars d'enfant, dit ma mère en baissant un peu la voix comme pour l'entendre mieux, la plainte d'un homme mort avec une étoile sanglante au front, ce fiancé inconnu qui gît au cœur de toute femme, porté en elle comme ne le sera peut-être aucun enfant légitime, dans une paix à nulle autre pareille, celui qui aurait pu être mon père, ce visage immobile dans la nuit bruissante d'un ventre.

Une histoire en tout cas bien étrange, dit ma mère, qui ne pouvait avoir lieu que chez nous, entre l'eau, le granit et le ciel, et dont le feu semble exclu ; mais le feu était dans les cœurs et les esprits, il menaçait les maisons, les forêts, les visages aussi, mal des ardents ou des innocents, ceux dont la vie n'est semblable à nulle autre, même si tous les récits peu ou prou se ressemblent autant que des lentilles, se préparent et s'avalent comme un plat de lentilles, et s'oublient de la même façon, sauf les noms propres, lesquels durent généralement plus longtemps que les corps et que le souvenir. Il faut donc s'en remettre aux noms propres comme aux petits cailloux qu'on trouve dans les lentilles : celui, pour en venir à notre histoire (car c'est un peu la même chose, n'est-ce pas, ce qui a eu lieu et ce qu'on raconte : l'épaisseur d'une voix, ce temps qui se ramasse dans la bouche, le temps devenu salive, air et sang, la traversée de cette forêt morale et spirituelle qu'on appelle une vie), ce nom, enfin, Pierre-Marie Lavolps, dont la secrétaire de la mairie avait, ce matin-là, tracé les lettres sur le registre d'état civil, lentement, en se mordant les lèvres, d'un air qui avait fait penser à M. Lavolps, le père, qu'elle y trouvait à redire ou y voyait quelque chose de prodigieux, ou de néfaste, alors qu'elle avait tout simplement froid, en ce mois de janvier, le troisième de la dernière guerre : l'encre gelait dans les encriers et il lui fallait le tenir dans sa paume, cet encrier municipal, pour le réchauffer avant d'y puiser l'encre provenant de la même bouteille épaisse et haute dont on remplissait, deux étages plus bas, les encriers des écoliers au nombre desquels la secrétaire se demandait si on compterait un jour celui de qui elle s'appliquait à inscrire le nom en lettres pleines et déliées.

Pierre-Marie. Un prénom double, comme on n'avait guère l'habitude d'en entendre, à Siom, sur les hautes terres limousines.

« Un nom plus long que le petit bout d'homme qu'on allait baptiser, dès le lendemain, comme si on avait peur qu'il ne dure pas », avait murmuré la secrétaire de la mairie.

Un nom en tout cas trop long pour une seule et même personne, avait-on pensé, et assez étrange dans sa façon de rassembler le masculin et le féminin pour qu'on ne se soit pas dit qu'il n'était pas fait pour lui porter bonheur, à ce fils Lavolps tel que certains ont préféré l'appeler, comme si ces syllabes avaient dû leur écorcher la langue et que le malheur fût déjà sur eux, sur Pierre-Marie et sur ces fiers Lavolps qui l'avaient attendu avec tant de patience, dans leur maison de la Sestérée, sur la plus haute colline de Siom (non loin des Geniettes, la maison des Moreau, où se jouerait, bien des années plus tard, un tout autre drame, faisant de cette hauteur un lieu presque aussi maudit que la colline de Veix, de l'autre côté du lac, où avait vécu la famille Pythre, ou que, plus loin, le château du Montheix abandonné par les Barbatte et les Piale), et qui, les Lavolps, avaient donné à celui dont ils disaient que Dieu ne pouvait pas ne pas les gratifier, et même qu'Il le leur devait, outre le nom de Pierre, celui de la petite fille qu'Il leur avait enlevée, quelques années plus tôt — ou, pour parler un autre langage, qui était morte à six mois d'une congestion pulmonaire, l'été où je suis née, dit ma mère, de sorte que Mme Lavolps, qui entretenait à cette époque des liens amicaux avec ta grand-mère, m'a longtemps regardée avec hésitation, avec l'air de voir en moi non pas celle que j'étais mais sa propre enfant, la disparue, épiant dans ma figure, mon corps, ma voix, mes gestes, ce que sa petite Marie serait devenue si elle avait vécu, cette fille qu'il lui a bientôt semblé qu'elle retrouverait dans Pierre-Marie, venu au monde à peine huit mois après le retour de captivité de M. Lavolps, qui pensait que tout ça, la mort de Marie, la guerre, la défaite, la captivité, l'Occupation, les revers de fortune, serait balayé par la naissance de son fils.

Un fils d'abord accueilli comme si les anges chantaient dans notre campagne tandis que M. Lavolps lançait des poignées de sous et de dragées sur nous, petits Siomois rassemblés sur la place, le jour où a été baptisé ce Pierre-Marie à propos de qui on déchanterait bientôt, chez les Lavolps, le tolérant à grand-peine, faisant même comme s'il n'existait pas. Il n'avait pas quatre ans et on l'aurait fait coucher dans la souillarde en compagnie de la Luche, la fille de ferme qui leur servait de bonne à tout faire, si on n'avait craint qu'elle ne le racontât chez elle, sur les hauteurs venteuses de la Nègrerie, d'où ça ne manquerait pas de parvenir au bistrot de la gare et, de là, jusqu'à Siom, où on s'étonnait de ne jamais le voir et où on commençait à se demander s'il était bien le fils de son père ; lequel avait plus changé en quatre ans qu'il ne l'avait fait en trente et semblait aussi tourmenté que si le renard qui était dans le nom de Lavolps s'était mis à lui dévorer les entrailles, ou qu'au lieu d'avoir engendré un fils, il fût devenu le père horrifié de ce renardeau dont il s'enorgueillissait jusque-là de porter en son patronyme les syllabes d'origine latine, *volpes*, comme une oriflamme ou des armoiries propres à en remontrer aux nobliaux dont était issue son épouse, née Françoise de Theix et vivant depuis lors à la Sestérée plus recluse qu'en un terrier, murmuraient ceux qui savaient ce que signifiait Lavolps.

« Il n'est pas bon de porter certains noms », disait M. Lavolps à qui voulait l'entendre et sans paraître, lui, entendre ni voir ceux qui, au café Berthe-Dieu, ou sous les acacias de la terrasse qui surplombe le lac, ou bien devant chez Marthe Rivière, tous ces lieux où on avait l'habitude de se réunir pour parler et où il était étonnant de le voir, lui rétorquaient que le renard est un bel animal, rusé, malin, et fier, en fin de compte, que ça valait mieux que de s'appeler Pythre, Luche, Nifle ou Zirphile, et que Pierre-Marie était un bien bel enfant.

« Trop beau pour être vrai », ajoutait le père au prix d'une légère distorsion syntaxique que soulignait ma mère, pour qui la correction grammaticale comptait autant que les bonnes manières et, même, la propreté de la bouche, étant de ceux qui pensent qu'une dent cariée, l'oignon, l'ail ou le tabac lèsent la langue autant qu'ils affectent les rapports amoureux ou simplement sociaux, et condamnant la tournure entendue dans la bouche de M. Lavolps parce qu'elle pouvait signifier que Pierre-Marie n'existait pas.

Et c'était son propre père qui le laissait entendre, dit ma mère. Je le connaissais un peu, ce Louis Lavolps ; nous avions été condisciples au collège Lakanal de Treignac avant qu'il n'aille faire des études supérieures à Clermont-Ferrand, puis à Paris ; des études ou la noce, car il était bien comme tous les Lavolps mâles et tant de ces fils de famille d'avant guerre : un fenassier, un amateur de femmes autant que de bonne chère, et avec ça orgueilleux jusqu'à ne rien voir du monde où il vivait, c'était encore possible à cette époque où le nom et la filiation avaient du sens ; ne voyant donc rien de ce qui l'entourait, sauf quand une femme lui plaisait, et pouvant dès lors tomber plus bas que terre, même quand il a eu été marié, quoique discrètement, sachant que la paix des sens n'est guère compatible avec l'amour conjugal mais qu'elle est la traverse qui mène à la paix du ménage ; se mariant donc moins par amour que pour la perpétuation de son nom, et offrant à sa mince et délicate Françoise la fortune que les Theix avaient depuis longtemps perdue, et ce fils au visage d'ange qui suffirait, pensait-il, à remplir une vie de femme.

Mais les choses ne sont jamais tout à fait ce qu'on veut qu'elles soient. Pierre-Marie était aussi beau que son père était laid, retors, et sa mère douce ; trop beau, même, pour que son père pût admettre qu'il était de lui ; et devant sa propre figure comme devant la médiocre beauté de sa femme, il n'était pas loin de douter si elle était la mère, et si ce fils n'était pas l'enfant de personne.

Et c'est vrai qu'il était beau, ce Pierre-Marie, si beau, même, avec ses cheveux blonds et lisses et ses yeux couleur ardoise que tout le monde, à Siom, entrait dans ce doute, avec une sorte d'effroi, dit ma mère, celui que suscite la beauté chez des gens qui ne sont eux-mêmes pas beaux et pour qui cette beauté a quelque chose d'inquiétant, celle du visage, surtout, car pour le reste il en allait encore, à cette époque, comme il en avait toujours été sur les hautes terres limousines : on n'était beau que dans la mesure où on présentait une solide charpente et des formes généreuses, avec un grand appétit, le verbe aisé, des manières pas fières.

Voilà pourquoi Louis Lavolps, malgré une tête de taurillon mal embouché, pouvait passer pour bel homme, ou faire illusion, tandis que son épouse était réputée laide à cause de son étroit visage et de sa taille menue qui faisait se demander comment elle pouvait supporter les assauts de son mari : tout ce qui, aujourd'hui, la rendrait belle, à tout le moins agréable, plaisante, et Louis Lavolps guère différent des gourles, des turlots, des paysans à qui il se pensait supérieur et qui allaient disparaître en même temps que la caste dont il était issu.

Voilà pourquoi, aussi, Pierre-Marie inquiétait.

« Une beauté de porcelaine », disait Marie Bugeaud, l'épicière, qui avait été belle et savait que la beauté existe rarement en soi, qu'elle dépend surtout de ce qu'on en dit et de la valeur qu'on lui donne.

« Moins on en parle et plus elle est vraie », disait-elle encore, elle qui était généreuse et ne pouvait songer qu'il y eût un lien entre la fragilité et le mal, et qu'une telle beauté fût le résultat d'un compromis avec des puissances qu'on n'évoquait pas sans se signer.

Non, jamais Marie Bugeaud n'aurait pu penser ça, ni personne, à Siom et dans tout le canton des Buiges, pas même ceux qui tenaient de la fille Luche ou du boulanger de Villevaleix, lesquels n'avaient pas leur langue dans leur poche et en disaient toujours plus qu'ils n'en savaient, ce que Pierre-Marie faisait subir aux insectes et aux bêtes qui lui tombaient entre les mains, dans cet appentis situé derrière la maison des Lavolps, à la Sestérée, et qui lui servait de geôle autant que de salle de jeu. Ça avait fini par se savoir par d'autres que Ginette Luche ou Joseph Verdeilh, mais on n'y pensait pas plus qu'on aurait pensé aux débordements d'un enfant turbulent. D'ailleurs, lequel d'entre nous n'a pas, à cinq ou six ans, torturé un crapaud, regardé en souriant agoniser une poule ou un lapin, mis le feu à une fourmilière, coupé les pattes d'une araignée ? Qui a jamais tué une portée de chiots ou de chatons sans se dire que ça sera mieux fait, avec moins de brutalité, moins de maladresse, que si c'est à un adulte qu'on en laisse le soin ? Et puis, Pierre-Marie était beau à éveiller bien des choses en nous, jeunes Siomoises, qui n'avions que quelques années de plus que lui et ne voulions pas voir que notre intérêt pour le genre de beauté qui était le sien et qui ne se rencontrait qu'au cinéma, selon nos mères, ne menait nulle part.

Une beauté qui ne nous laissait pas en repos, nous autres filles, non seulement parce qu'elle en appelait à notre nudité (même si nous ne le comprenions pas comme ça, ayant été élevées dans la grande pudeur d'avant ces temps où on entend ne plus rien cacher du corps ni de l'esprit), mais parce qu'elle avait quelque chose de féminin autant que de masculin, et qui ne se démentirait pas, même quand il est devenu un adolescent et que s'est ouverte en lui la plaie qui se forme au ventre des garçons et des filles et qui ne se refermera pas. Une beauté déployée comme un feuillage de châtaignier, et dont rien ne semblait devoir arrêter la marche vers une perfection qui n'est pas de ce monde, me suis-je dit quand il a eu onze ans, alors que rien ne semblait devoir changer dans sa tête, rien, le monde y demeurant aussi énigmatique qu'une carapace de tortue : un nannot, un innocent, disait-on pour expliquer qu'on ne l'envoyait pas à l'école, un de ces simples comme il y en avait souvent dans les familles, la médecine ne les débusquant pas encore dans le ventre des mères comme des bêtes nuisibles, mais les laissant venir au monde dans cette innocence qui durait toute leur vie et semblait les rendre heureux, avec leur lèvre tombante et humide, leur regard perdu, leurs gestes d'oiseaux effrayés, leur voix qui s'oubliait dans leur bouche.

« Un idiot », murmurai-je.

Un idiot ? Rien de moins sûr, à cause de cette extraordinaire beauté qui nous faisait bien entendu penser qu'il pouvait être mauvais, mais pas un demeuré, pas comme cette pauvre Lucie Piale, du Montheix, aussi belle qu'innocente avec son visage de lac lisse et son corps aux formes parfaites. Non, rien de tel, chez Pierre-Marie, sinon cette figure qui hésitait plus que jamais entre la beauté des filles et celle des garçons, pensions-nous sans savoir (comme nos mères et les mères de nos mères et tous ceux qui de près ou de loin ont eu affaire à ce que la langue appelle si justement la beauté du diable) qu'une trop belle figure n'existe qu'à proportion du mal qui la guette, l'accompagne, la travaille de l'intérieur, que rien ne nous est donné comme ça, gratuitement, que notre vie, notre apparence, nos actes, nos amours, tout est régi par un principe de compensation qui est sans doute la vraie justice des pauvres et des laids ; tandis que pour Pierre-Marie on pouvait se dire qu'il échappait à cette loi, qu'il n'était justiciable de rien, avec cette mine d'ange inquiet que lui donnaient son innocence et ses cheveux partagés par une raie qui les faisait retomber sur ses tempes et, quand il se penchait en avant, sur ses joues qu'ils frôlaient en nous faisant frissonner. Et puis il y avait le bleu-gris de ses yeux : des yeux tels qu'on en voyait rarement par ici, presque froids, qui lui donnaient l'air d'être toujours plus loin que là où il se trouvait, fût-il tout près, comme s'il n'était gouverné par rien, ne se souciant que de fendre l'air de son étroit visage, courant comme un jeune chien derrière le vélo de Jeanne Lheureux, la factrice, les papillons, les autos, les enfants, tout ce qui pouvait passer devant la grille des Lavolps, courant même après le vent et les nuages, murmurait-on avec indulgence avant de s'apercevoir qu'il poursuivait de tout autres nuages : ces mêmes enfants, dont j'étais, qui s'aventuraient jusqu'aux épicéas bordant le parc de la Sestérée (les Lavolps appelaient ainsi le vaste pré en pente au bas duquel on avait arrangé une mare et dissimulé un potager derrière une haie de buis), dans l'espoir d'approcher, malgré l'interdiction de nous rendre là-bas et la surveillance exercée par la mère de

M. Lavolps, celui que les plus âgés d'entre nous appelaient l'ange de Siom et dont il nous arrivait d'entrevoir la figure à la plus haute fenêtre de la Sestérée, la vieille Mme Lavolps l'ayant fait rentrer dès qu'elle nous avait flairés, et se tenant devant la porte avec un bâton, tandis que Pierre-Marie écartait ses rideaux de serge verte avec l'air non de nous voir mais de regarder bien au-delà de ce qu'il apercevait depuis sa chambre : les maisons de Siom, le lac, les basses collines, la table bossuée du plateau de Millevaches, oui, au-delà de tout ça, quelque chose que nous n'étions pas capables de voir, nous qui nous arrêtions à un visage d'adolescent au lieu de contempler ce qui est au-delà des apparences, à perte de vue, dit ma mère en usant de cette expression qui l'avait longtemps inquiétée, parce qu'elle la prenait au pied de la lettre, croyant que non seulement on peut perdre la vue à force de regarder certaines choses mais que c'était ce qui arrivait à celui qui regardait par la fenêtre ; si bien qu'un soir d'avril, dit ma mère, je me suis mise à crier et que les autres ont dû se précipiter sur moi et me tirer par le bras sous les épicéas en me plaquant une main sur la bouche, murmurant que j'étais aussi fadarde que le fils Lavolps, que j'allais faire sortir la vieille, ou la Luche qui s'y entendait à tuer des oiseaux de loin, à coups de pierres, et Dieu sait si, sous les épicéas, nous avions l'air de drôles d'oiseaux, de ceux qu'on avait longtemps suppliciés, sur les hautes terres, parce que de mauvais augure : des hiboux dans la demi-nuit du bois, que la vieille Lavolps et la Luche chercheraient à attraper pour les clouer vifs à leur porte.

« Et qu'est-ce que tu pouvais bien lui crier ? » demandai-je.

Rien, un de ces cris qu'on pousse devant la nuit qui vient, quand on est seul dans la forêt, loin de Siom, pour s'assurer qu'on n'a pas été transformé en arbre ou en animal ; et puis j'avais pitié de lui, j'étais peut-être la seule à avoir pitié d'un être dont tout le monde se moquait et qu'on commençait à redouter, même sa mère, disait-on, qui ne le supportait plus auprès d'elle et qu'elle songeait à placer dans une institution spécialisée, depuis que son précepteur avait déclaré forfait : une jeune institutrice de Villevaleix qui prenait chaque jour le train jusqu'à la gare de Siom, où l'attendait Mme Lavolps, dans sa vieille Citroën noire, et où elle la ramenait, le soir, en larmes, souvent, l'une comme l'autre, la mère par dépit d'avoir engendré un tel fils et l'institutrice essayant de soutenir que nul n'était mauvais au point d'être abandonné (car le temps nous fait changer, mon petit, dit ma mère, et il n'est pas rare qu'on considère ses fautes, bien des années après, comme si elles avaient été commises par un autre, voire par un inconnu), oui, murmurant cela alors qu'elle renoncerait à cette place au bout de quelques semaines et qu'il faudrait la dissuader, à prix d'or, disait-on, de porter plainte pour outrages et violences.

Je suis retournée quelquefois à la Sestérée, le soir, seule ou en compagnie d'Odette Theillet, la fille du garde-barrière du Tronchet, plus intelligente, plus audacieuse que les autres. Pierre-Marie était là, devant la nuit, la grande nuit siomoise qui, en ce temps-là, avait encore de quoi inquiéter, qui en tout cas nous faisait peur, car nous l'imaginions peuplée de loups, de renards enragés, de voleurs d'enfants, de gardes-chasse maudits, d'êtres comme ce Pierre-Marie à sa haute fenêtre, qui était là sans y être vraiment, regardant des choses que nous aurions été bien en peine de voir, quand bien même on aurait été à sa place, ai-je pensé en grimpant sur la plus haute branche d'un épicéa dans l'espoir de découvrir, malgré tout, ce qu'il pouvait contempler. Il s'est tourné vers moi comme s'il n'attendait rien d'autre, non pas moi, précisément, mais que quelqu'un se montre à sa hauteur, si je puis dire, et le regarde en face, comme moi au faîte d'un arbre où je me balançais d'avant en arrière, de plus en plus fort, dans le vent, et m'approchais si près de la fenêtre que j'avais l'impression que j'allais être sinon précipitée dans la chambre, à travers la vitre, en sang, du moins me retrouver face à face avec lui, plus près de lui que si mon visage avait pris la transparence du verre.

Mais il ne me voyait pas. Ni le vent ni mon poids n'étaient assez forts pour me permettre de m'approcher davantage. Je n'étais qu'un oiseau attardé sur un arbre qui se balançait dans le soir : une bécasse, dirait ma mère, vraiment, pour aller me percher sur un arbre au risque de tomber, afin de me rendre intéressante aux yeux d'un garçon qui ne me voyait même pas, ne pouvait pas me voir, car il regardait des choses qu'il ne nous était pas donné de voir, et si beau, ce garçon, que c'en était presque inacceptable et que nous le fuyions, maintenant, lorsqu'il nous arrivait de redescendre au bourg par le chemin de la Sestérée et que lui, comme un chien haut sur pattes, enragé d'être enfermé, bondissait vers les adolescents que nous étions devenus et qui (les filles, surtout) le redoutaient plus qu'aucun de ces hommes des bois ou de ces barraquins qui rôdaient dans les campagnes avec le même visage que les pères de certaines d'entre nous, lorsqu'ils rentraient soûls à la maison et se mettaient à regarder si étrangement tout ce qui portait jupon, y compris leurs filles ; ce qui faisait murmurer à Denise Orluc, les larmes aux yeux, elle qui avait eu à repousser son oncle, ou son propre père : « On dirait qu'ils nous regardent de derrière les flammes. »

Des flammes qu'on voyait aussi dans les yeux de Pierre-Marie lorsqu'il courait après nous, le long de la grille, en hurlant. Il y avait longtemps que les garçons ne lui jetaient plus par-dessus le mur, pour le faire enrager, des cailloux, des chats crevés, des orvets, des serpents qu'il regardait en criant de plaisir se tordre dans le soleil avant de retomber à ses pieds tandis que sa grand-mère, ou la fille Luche ou, plus tard, à la mort de sa grand-mère, le garçon chargé de le surveiller (un orphelin tiré de l'hospice d'Ussel et entré au service des Lavolps pour seconder la Luche), poussait de hauts cris en mettant le pied sur le serpent, interdisant la rencontre du serpent et de l'enfant prêt à poser sur le reptile une main moins prompte que celle de l'orphelin qui levait alors vers nous une tout autre main, au poing fermé et plein de mauvais sorts, pensions-nous en nous signant comme de vieilles femmes, nous qui ne nous souciions déjà plus que du feu qui naît dans les yeux des garçons et au moyen de le dompter. Mais celui qu'on voyait dans le regard du jeune Malcard, l'orphelin, n'était pas de nature à nous donner envie de nous frotter à une telle gourle : nous avions encore le sens de ce que nous devions à notre rang, et les gens employés par les Lavolps étaient les plus misérables du canton, nul n'étant disposé à servir dans ce repaire de renards qu'était la Sestérée, malgré l'estime (ou la pitié) qu'on portait à Mme Lavolps, depuis qu'il se murmurait que Pierre-Marie n'était pas aussi innocent qu'on l'avait cru ; plus puceau du tout, veux-je dire, déniaisé par la fille Luche, et devenu à son tour un vrai renard, malgré son air angélique et ses éternelles culottes courtes, oui, ayant réussi ce tour de force de demeurer innocent sans plus être vierge.

C'était ce qu'on racontait, ou dont on avait entendu se vanter la fille Luche, dit ma mère.

Ça se disait devant nous qui n'étions plus des enfants, afin que nous restions sur nos gardes, vu qu'il arrivait à Pierre-Marie d'échapper à la surveillance du jeune Malcard et de sauter par-dessus le mur pour courir après nous au-delà des épicéas, sur la route qui descend vers Siom, galopant non pas comme nous, en criant à se faire peur, mais en silence, la tête en l'air, son étrange sourire aux lèvres, comme si c'était vers le ciel qu'il courait, l'enfant poursuivant l'adolescent qu'il était devenu et qui se laissait rattraper par lui, l'enfant enveloppé dans cette innocence qui le séparait peut-être autant de lui-même que de nous, et finissant par fondre sur l'adolescent, Pierre-Marie se rattrapant lui-même pour s'effondrer au bas de la route et nous regarder fuir jusqu'à la croix des Rameaux, le vieux calvaire de granit au pied duquel nous le voyions se relever tandis que nous redescendions vers les premières maisons de Siom, entraînées par les garçons, laissant grimacer, à la croisée des chemins qui surplombent le bourg, l'adolescent couvert de poussière, enveloppé dans ses ailes d'enfant.

II

Pas si angélique que ça, pourtant, dit ma mère ; assez d'intelligence, même, pour que les leçons du professeur à la retraite qu'on avait fini par dénicher par petites annonces (et qui viendrait d'Égletons, plusieurs fois par semaine, cette année-là, dans sa petite Renault grise, avec son éternel costume noir et sa mine de prêtre exorciste) aient porté leurs fruits et qu'on voie débarquer Pierre-Marie, en septembre, le jour de la rentrée, au collège des Buiges, en classe de sixième, plus beau que jamais, disait ta tante qui, plus jeune que moi, se trouvait dans sa classe, et aurait pu te parler de tout ça bien mieux que moi, si elle était encore de ce monde.

Et débarquer est bien le mot ; car, sur le plancher de la salle de classe à l'entrée de laquelle son père et sa mère l'avaient accompagné, il paraissait tanguer comme un marin de retour sur la terre ferme après des semaines de navigation, ajoutait ta tante qui avait dû trouver cette comparaison dans les récits de voyages dont elle était friande et qui l'ont menée tu sais où, vers quelles rives…

Un marin rejeté par la mer, disait-elle encore, comme si personne ne voulait de lui et qu'il n'eût sa place nulle part, en tout cas pas parmi nous, avec son sourire d'ange en exil et sa haute taille, bien plus grand que les gamins de la classe de sixième dans laquelle on l'avait inscrit, le père ayant fait jouer ses relations, disait-on, et un médecin d'Ussel fourni un certificat médical selon lequel l'enfant pouvait suivre une scolarité normale.

Un ange aux mains bientôt maculées d'encre, mais qui savait manifestement lire, écrire, compter, et même se tenir. Et nous avons entendu sa voix, lui qu'on croyait seulement capable de pousser des cris ou de se taire, qui riait en regardant la Luche écorcher un lapin et qui, lorsqu'on abattait un arbre, pleurait toutes les larmes de son corps. Nous l'avons écouté parler : la voix d'un garçon de douze ans aussi bien que celle d'une vieille femme ou, plus exactement, une voix venue de si loin qu'il était impossible de savoir si c'était celle d'un homme ou d'une femme ; une voix sans âge, toujours près de se briser, de retomber dans le silence et continuant cependant à parler comme si n'importe qui s'exprimait par sa bouche, sauf que ce n'étaient jamais tout à fait des vivants, semblait-il, mais des morts ou des personnes si âgées ou si lointaines qu'on avait l'impression qu'elles ne pouvaient pas exister.

Un concert d'anges maudits, dirait ta tante, bien des années plus tard, en évoquant le temps où Pierre-Marie suscitait dans la classe comme dans la cour de récréation des murmures, de l'éloignement, une aversion, même, qui faisait dire à certains, en se bouchant le nez, qu'il n'était pas possible d'aller à l'école en même temps qu'une bête sauvage ; si bien que le principal a dû passer dans les classes pour rappeler le temps pas si lointain où certains étaient mis à mort à cause de leurs origines ou de leurs idées : tous les élèves avaient vu une stèle ou une plaque commémorative, celle, par exemple, qui rappelait à l'entrée de la gare de Meymac le sort de cent vingt otages, la plupart d'origine israélite, partis le 17 avril 1944 pour les camps de la mort. Oui, des mots de cet ordre, qui ont cependant eu pour effet de faire considérer définitivement le fils Lavolps comme un corps étranger, personne ne pouvant plus rien contre le feu de paroles entourant peu à peu ce corps, surtout quand Pierre-Marie retrouvait sa voix d'enfant pour dire un poème étudié en classe et qu'il lui suffisait de lire une fois avant de le réciter sans rien omettre, toujours tourné vers la petite Râlé, qui venait, elle, de Peyre Nude, une ferme du côté de Lestang, dans la commune de Siom.

C'était même la seule chose qui l'empêchait de tomber au niveau des cancres, cette mémoire qui semblait lui faire pencher la tête d'un côté ou de l'autre, sauf quand il se levait pour réciter, près de son banc, au fond de la classe où on l'avait placé, à cause de ses grandes jambes, disaient les professeurs, mais en réalité parce qu'il n'y avait pas un élève qui ne se serait fait coller tous les jeudis après-midi plutôt que de partager le banc du renard, comme on l'appelait parfois. Prodigieuse mémoire dans laquelle Christine Râlé occupait une place centrale, tel un porte-cierges au cœur d'une chapelle obscure, disait ta tante en se rappelant la joie de Pierre-Marie, le jour où le professeur de français avait demandé aux élèves d'apprendre une poésie de leur choix et de la réciter en classe.

Nous attendions le moment où Pierre-Marie dirait sa poésie. Il était semblable à ce qu'il était d'ordinaire, nous regardant comme si nous nous étions trouvés de l'autre côté d'un grand fleuve, et même plus loin. Et nous les regardions, lui et Christine Râlé, qui s'était mise à rougir avant même que Pierre-Marie ait ouvert la bouche pour réciter ce qu'il n'avait pas trouvé dans le livre de lecture mais dans la Bible, dans le Cantique des Cantiques :

Ô que vous êtes belle, ma bien-aimée, ô que vous êtes belle ! Vos yeux sont comme les yeux des colombes ;

Que vous êtes beau, mon bien-aimé ! Que vous avez de grâces et de charmes ! Notre lit est couvert de fleurs ;

Les solives de nos maisons sont de cèdre, nos lambris sont de cyprès.

Et il disait cela les yeux mi-clos, tandis que Christine Râlé se cachait la figure entre les mains, secouée de sanglots. Nous trépignions de rire et il demeurait debout, lui, dans la même attitude que le professeur, les bras croisés sur la poitrine, continuant à réciter de sa voix qui était tour à tour celle de la fiancée et celle de l'époux du Cantique, jusqu'à ce que le professeur envoie la petite Râlé dans le couloir en compagnie de sa voisine, pendant que Pierre-Marie disait, avec l'air de s'adresser à nous, cette fois :

Filles de Jérusalem, je vous conjure par les chevreuils et par les cerfs de la campagne de ne point réveiller celle que j'aime, et de ne la point tirer de son repos, jusqu'à ce qu'elle s'éveille d'elle-même.

Mais la petite Râlé ne s'est pas éveillée — pas comme il le souhaitait, avait dit ta tante. Il avait fallu la mettre dans une autre classe, ce qui n'avait pas empêché Pierre-Marie de célébrer la beauté absente, donnant à cette absence de beauté (car elle n'était guère belle, cette petite Râlé ; pas même jolie, malgré sa poitrine rebondie et ses cheveux d'un châtain profond : seulement fraîche, et un peu niaise, comme nous étions presque toutes, à cet âge) un rang incomparable puisque la jeune sœur des cinq frères Râlé était devenue l'objet de toutes les rédactions du fils Lavolps, des devoirs qu'il remettait au professeur comme si celui-ci n'était qu'un messager, un intercesseur qui ne pouvait d'ailleurs noter ces épîtres, ni même les juger d'un point de vue littéraire puisqu'elles fourmillaient de fautes de syntaxe, d'obscurités, d'images étranges, inspirées du Cantique et des Psaumes.

Le professeur avait fini par prendre à part le jeune Lavolps pour lui dire que le Cantique des Cantiques était un fort beau texte, qu'il le connaissait bien, lui aussi, ayant longtemps pratiqué la Bible, non comme on le fait dans notre famille, dit ma mère, mais d'un point de vue historique. Et puis, avait-il ajouté, toutes les fiancées viennent bien sûr du Liban mais il fallait s'armer de patience, savoir l'attendre, cette bien-aimée qui lui était destinée et qui n'était peut-être pas celle qu'il croyait, les apparences étant souvent trompeuses et ce qui nous est promis parfois plus éloigné des yeux que du cœur. Pierre-Marie l'avait écouté, remuant les lèvres sans rien dire, le regard immobile, comme s'il continuait à voir devant lui la Sulamite avec un sourire dont la blancheur évoquait un troupeau de brebis remontant de l'abreuvoir et des joues semblables à des moitiés de grenades derrière un voile, telle que l'évoquent les versets de ce chant des chants dans lequel tout le collège mettrait bientôt le nez ; ce qui ferait dire à l'abbé Guerle, le curé des Buiges, qu'on ne pouvait bien sûr pas applaudir au scandale mais qu'un scandale qui poussait tout un collège à lire le Cantique des Cantiques n'était plus tout à fait un scandale, et qu'on devait se réjouir de l'irruption de la parole divine dans ces jeunes esprits.

Tous ne s'en réjouissaient pas, à commencer par ceux des frères Râlé qui étaient élèves au collège et qui supportaient mal de voir leur sœur élevée au rang de Sulamite.

De bien étranges gars, ces Râlé ; des sortes de sauvages ; pas vraiment méchants si on les prenait séparément, mais tous les cinq ensemble (et ils s'éloignaient rarement les uns des autres, surtout les deux derniers, des jumeaux venus au monde trois ans avant la naissance de Christine), ils constituaient quelque chose de plus dur qu'une dalle de granit. Personne, pas même le facteur ou le maire, ne s'aventurait sur leurs terres, à Peyre Nude, entre Lestang et les Freux, sans se demander ce qui allait se passer, si même on n'allait pas ramasser un coup de fusil ; car il fallait, pour arriver chez eux, prendre un chemin que le père Râlé refusait, disait-on, de laisser goudronner sous le prétexte qu'un chemin de terre, avec ses raidillons et ses fondrières, éloignait les curieux, les malandrins et les fâcheux. Il montait, ce chemin, entre des haies de fougères et de houx plus hautes qu'un dos de vache, tournant plusieurs fois sur lui-même avant de se perdre dans des genêts encore plus hauts, pour déboucher sur une large combe au flanc de laquelle était tapie la ferme.

Oui, tapie comme un sanglier, disait ta tante, qui avait eu le culot de s'aventurer là-bas, parce qu'elle aimait bien la petite Christine et qu'elle ne voyait pas quel mal on aurait pu faire à une fille de Siom qui avait pour elle la droiture de sa parole et l'honneur de son nom. Elle avait été cordialement saluée par les jumeaux occupés à casser du bois, puis par le grand Râlé, qui l'avait fait entrer chez eux, dans une salle de ferme en rien différente de celles des hautes terres, avec ses poutres épaisses, son armoire, sa maie, son horloge à balancier, son odeur de feu, de tabac gris, de lait, de soupe de légumes. À cela près que tout y était plus sombre qu'ailleurs, avait dit ta tante en reconnaissant que c'était peut-être elle qui trouvait ça sombre, à cause de la réputation des Râlé et aussi des deux vieux assis en silence autour de la table, bien embêtés de ce qui arrivait à leur fille, la petite dernière, celle qu'on n'attendait pas et qui était la rosée de leurs vieux jours.

Une rosée qui menaçait de tourner au vinaigre, car les fils, eux, regardaient leur sœur non comme s'ils en étaient seulement les frères, mais aussi les époux, oui, tout ça en même temps, lui vouant un amour plus puissant que celui des parents et d'une nature en fin de compte aussi mystérieuse que celui du fils Lavolps, et qui trouvait satisfaction dans le fait qu'ils vivaient là tous ensemble, à Peyre Nude, pour l'éternité, se disaient-ils sans doute, particulièrement le singulier trio formé par Christine et les jumeaux.

Les plus jeunes des cinq frères, donc, ceux qui étaient dans ma classe, dit ma mère, et qui ont maudit Pierre-Marie, le jour où on l'a entendu réciter le Cantique dans l'enceinte laïque (chanter serait plus juste, la voix de Pierre-Marie était transfigurée, comme si la beauté de son visage était passée tout entière dans sa voix, disait ta tante). Tout le monde les a vus s'approcher du fils Lavolps, lequel baissait la tête dans un coin de la cour, sous les tilleuls, avec ses blonds cheveux raides lui tombant de chaque côté du front et cet air méfiant, craintif et souriant qui faisait dire qu'il portait vraiment bien son nom. Un renard, voilà à quoi il ressemblait ; un renard relevant lentement les yeux vers ceux qui s'approchaient (les jumeaux, suivis à distance par le demi-cercle des collégiens), et qu'il défiait de ce regard par en dessous propre aux animaux acculés qui remuent les seuls yeux pour ne pas donner aux chasseurs l'idée de ce qu'ils vont faire alors qu'il n'y a plus rien à faire, sinon une façon instinctivement noble de mourir.

On n'en était pas là. Les jumeaux Râlé se sont contentés de montrer les dents. Sans doute comprenait-on qu'il s'était passé quelque chose qui ne les laisserait plus en paix, les uns comme les autres, et qu'il y aurait désormais une proie et des chasseurs, une chasse au renard, disaient déjà certains, une traque qui ne prendrait fin que lorsque le renard serait hors d'état de nuire, laisseraient bientôt entendre les frères Râlé à M. Lavolps, l'aîné des frères, du moins, accompagné des deux cadets, ainsi qu'on les nommait pour les différencier des jumeaux, qui demeurèrent l'un sur la première pierre du seuil, l'autre à l'entrée du couloir, tandis que les jumeaux restaient à Peyre Nude, avec Christine, un soir de novembre, donc, juste après la fête de tous les saints et celle des morts, après maints autres soirs occupés à se taire ensemble avant que le père Râlé n'allât prendre dans la grande armoire une Bible reliée en toile noire, avec une croix imprimée en creux sur la couverture, jamais rouverte depuis que le père était rentré de la guerre en répétant ce qu'il avait entendu dire à son propre père, qui avait fait le Chemin des Dames : que Dieu était mort dans les tranchées, ou quelque chose comme ça. Il avait demandé à l'un des jumeaux (qui, contrairement à leurs frères, lisaient sans peine, sinon avec goût) de chercher le Cantique des Cantiques et de le lire à voix haute, d'un bout à l'autre, sans s'arrêter.

On peut l'imaginer, cette assemblée des Râlé, disait ta tante : le père dans l'unique fauteuil de la pièce, la mère sur le petit banc de la cheminée avec sa fille à ses pieds, et les jumeaux assis l'un à côté de l'autre, comme leurs frères, à la longue table recouverte de l'éternelle toile cirée blanche à fleurs bleu pâle sur laquelle était ouvert le livre saint, tous les visages mangés par l'ombre à l'exception de celui du lecteur dans la lumière de l'ampoule accrochée au plafond sous un abat-jour en forme d'assiette à dessert renversée ; une faible lumière qui lui tombait sur le front, les mains, sur ces lèvres qui donnaient à entendre un texte auquel ils ne comprenaient probablement que ce qu'ils voulaient y entendre avec ces comparaisons saugrenues, surtout pour un livre saint, ces noms et ces mots inconnus qui n'étaient pas tout à fait ceux qu'avait récités le fils Lavolps mais n'imaginant pas, du moins les parents et les trois aînés, qu'il existât plusieurs traductions de la Bible ni que ce livre-là n'eût été écrit en français, eux qui parlaient plus souvent le patois que la langue de la République et pour qui le français était une langue intimidante, infiniment digne de respect, dans laquelle ils pouvaient se dire qu'avait été dictée la parole de Dieu, tout comme la République dictait les règles de la civilisation aux sujets d'un empire colonial sur lequel le soleil ne se couchait jamais, disait-on, de Paris à Bora-Bora, de Saint-Pierre-et-Miquelon à Pondichéry, de Dakar à Pointe-à-Pitre, la langue française étant un élément de cette lumière perpétuelle, sinon le soleil lui-même ; et ils trouvaient là, dans ce que lisait un des jumeaux, non seulement la preuve que leur honneur avait été mis en question mais une invitation à faire justice soi-même, souligna l'aîné en demandant à son frère de relire ces vers :

> *Saisissez pour nous les renards,*
> *Les petits renards qui ravagent les vignes,*
> *Alors que nos vignes sont en fleur.*

Le père avait eu beau lui répondre qu'on ne vivait plus en un temps où on fait soi-même justice, les différends se réglant selon le code civil et non sur les livres saints, il n'empêcha pas Jacques Râlé (l'aîné, celui qu'on appelait parfois le grand Râleur à cause de son mauvais caractère comme de la puissance avec laquelle il râlait le foin dans les champs) de penser qu'on ne pouvait élever nulle objection contre le livre saint et d'aller trouver les Lavolps, dès le lendemain, pour demander des comptes.

> *Nous avons une petite sœur*
> *Qui n'a point encore de seins ;*
> *Que ferons-nous pour notre sœur*
> *Le jour où l'on parlera d'elle ?*

C'est à peu près ce qu'il a dit à M. Lavolps, ou ce que M. Lavolps l'a aidé à dire, le lisant devant lui dans une Bible plus mince mais plus large, à tranche dorée, reliée de cuir vert houx, dans laquelle, a-t-il dit, il avait relu lui aussi le Cantique sans y trouver de quoi s'indigner mais donnant raison au frère furieux qui avait refusé de s'asseoir dans la belle lumière du salon de la Sestérée, où les poutres et les lambris avaient l'aspect du cèdre et du cyprès, dirait plus tard l'aîné qui n'avait pourtant jamais vu aucun de ces arbres et que M. Lavolps avait convaincu qu'il y avait dans cette affaire moins matière à vengeance qu'à avertissement, mise au point, pardon.

« Ce sont des enfants, et mon fils plus qu'aucun autre, un innocent même, tu le sais bien, mon pauvre Jacques », avait ajouté M. Lavolps en tournant le visage vers son épouse qui pleurait, assise près d'une fenêtre obscure, le nez dans son mouchoir, les uns et les autres bientôt figés dans une attitude si communément romanesque qu'elle leur donnait l'air de jouer un rôle, avait dit ta tante comme si elle avait été présente, ce soir-là, dans cette belle lumière blanche qu'un Jacques Râlé n'imaginait pas même possible et où il suffisait de se tenir, dirait-il, pour se sentir réchauffé.

« Nous l'avons retiré du collège », avait ajouté M. Lavolps.

Sa femme avait levé le nez de son mouchoir pour sourire tristement à l'aîné des Râlé en murmurant :

« Vous savez ce que c'est, ces amours enfantines : des imaginations, des choses sans lendemain. »

À quoi Jacques Râlé avait répondu qu'il n'en savait rien, qu'il n'avait jamais eu le temps de s'occuper de ces choses, que la vie était faite de bien d'autres soucis et que Pierre-Marie Lavolps ne devait plus s'approcher de Christine Râlé. Sa voix était moins dure ; le temps jouait contre lui ; il se sentait gêné, n'ayant voulu ni s'asseoir ni prendre le verre d'armagnac que lui tendait M. Lavolps et demeurant là, méfiant, fermé, quoique calme à présent, n'ayant plus rien à dire et ne sachant comment sortir, attendant que le signe vînt de M. Lavolps, lequel prenait son temps, non pas comme s'il réfléchissait encore ou qu'il tînt à maintenir Jacques Râlé dans l'embarras, mais comme s'il avait oublié le grand gars aux cheveux noirs sur lesquels se voyait la marque de l'éternel béret de parachutiste qui le protégeait du soleil et de la pluie, et qui se demandait si ce qu'on sentait là, dans la lumière blanche, l'armagnac, le tabac américain, le feu, le parfum de Mme Lavolps et bien d'autres choses sur quoi il ne pouvait mettre de nom, oui, si tout ça ne le faisait pas puer l'étable bien plus qu'il ne pensait, et si ce n'était pas pour ça que Mme Lavolps tenait son mouchoir sur sa figure comme devant un barraquin qu'on aurait laissé entrer pour contempler les tapis qu'il avait à vendre, dit ma mère en ajoutant que Jacques Râlé était sorti de la Sestérée l'air délivré, presque souriant, comme s'il y avait goûté la paix d'un autre monde, ayant dit ce qu'il avait à dire, pour l'honneur des Râlé, lesquels n'étaient certes pas grand-chose en regard des Lavolps, selon les valeurs du monde dans lequel on vivait, à Siom, il y a encore quarante ans, mais avec lesquels, ces Râlé, il fallait compter, en tout cas vivre, et dont l'aîné avait fini par quitter la Sestérée en quelque sorte satisfait, sa colère tombée comme le vent plutôt que comme la foudre, faisant le mystérieux devant ses frères postés à l'entrée du couloir et sur la première marche du seuil, ramassant les fusils qu'ils avaient cachés dans un buisson de houx, près du portail, et parcourant sans ouvrir la bouche les trois kilomètres séparant la maison des Lavolps de Peyre Nude pour dire au reste des Râlé ces seuls mots, avant de retrouver dans le silence et dans la nuit la vraie mesure de toute langue :

« Le renard ne viendra plus dans nos vignes. »

III

Une histoire d'amour doublée d'une affaire d'honneur, voilà ce que c'était, dit ma mère en hochant la tête avec l'air de douter si l'honneur et l'amour pouvaient aller ensemble, surtout avec de tels personnages, sur ces terres abandonnées de Dieu et où on avait rarement entendu parler de grandes histoires d'amour, ce qu'avait dit Jacques Râlé, à savoir qu'on n'avait pas le temps de s'occuper de ces choses, semblant valoir pour tous. Des êtres qui n'avaient rien à voir les uns avec les autres, ni l'ange sur l'esprit de qui se repliaient les ailes de l'innocence, ni la petite fille fade qui, depuis qu'elle avait, à quinze ans, quitté définitivement le collège où elle n'apprenait pas grand-chose, il faut bien le dire, ne songeait plus avec autant d'effroi à ce chant naguère entendu dans la honte, et puis lu et relu, dans le silence de la chambre qu'elle partageait avec les jumeaux, la Bible familiale posée sur ses genoux, lorsqu'elle ne secondait pas sa mère à la cuisine ou n'aidait pas aux champs. Elle était la seule à la rouvrir depuis qu'on avait éloigné des vignes le jeune renard, et non seulement elle avait fini par savoir bien des vers du Cantique mais elle oubliait les circonstances dans lesquelles elle les avait entendus, trois ans plus tôt. Elle n'était plus tout à fait une enfant, Pierre-Marie non plus, qu'elle apercevait, l'été, à Siom, au bord du lac où elle allait se baigner, avec ses camarades des fermes voisines qu'elle retrouvait sur la route de Lestang, malgré le frère aîné qui trouvait indécent qu'elle allât se montrer nue à tout le monde, mais se heurtait au père Râlé, lequel prétendait qu'on ne pouvait retenir dans l'ombre de Peyre Nude une fille de seize ans, bientôt bonne à marier.

Elle l'avait donc vu, comme toutes les filles de Siom, apparaître de l'autre côté du lac ; elle l'avait vu descendre entre les hauts sapins noirs, dans un maillot de bain si étroit qu'il le faisait paraître nu, le corps non plus maigre mais mince, musclé, d'une blancheur à quoi l'ombre des sapins donnait une teinte d'ivoire, tournant vers les filles de Siom un visage souriant, comme s'il était heureux d'être de retour parmi nous après trois années passées dans un internat, en Auvergne, où on avait, disait-on, fini par accorder son esprit avec son corps.

On aurait dit qu'il sortait de chez lui — comme si on pouvait être chez soi dans ces bois de Veix où avait autrefois vécu la famille Pythre et où se sentait encore l'odeur de l'incendie qu'ils avaient allumé lorsque les eaux du barrage avaient envahi la vallée au flanc de laquelle est bâti notre bourg, comme pour se venger de ce que les eaux du barrage les privaient de leurs terres, avait dit ta tante.

Pierre-Marie sortait du bois lentement, comme une bête qui a soif et descend avec prudence vers l'eau, prenant soin de ne pas exposer au soleil de l'après-midi ce corps dont la beauté n'échappait pas plus à Christine Râlé qu'aux filles de Siom qui s'abandonnaient au soleil, cet été-là. Et il est vrai qu'un corps pareil, il ne nous était pas donné d'en voir beaucoup, à l'époque, aucun gars de Siom n'osant se dévêtir comme le faisaient les filles, ayant hérité l'ancestrale pudeur de leurs pères, qui nourrissaient en outre à l'égard de l'eau et du soleil une grande méfiance.

Il n'entrait pas dans l'eau : il s'y laissait glisser, sous le sombre reflet des sapins à peine troublé par son passage, et assez longtemps pour qu'on se mît à le chercher des yeux en s'inquiétant un peu, puis s'étonnât de le voir réapparaître au milieu des eaux noires, à l'endroit où la Vézère continue à couler sous le pont de pierre toujours debout, au fond du lac, près du moulin de Jouclas et de l'ancien cimetière. Il nageait maintenant vers nous en suivant le tracé de la route qui allait autrefois, avant la construction du barrage, de Siom à Couignoux, et dont on voit encore le tracé au bas du pré que la municipalité a acheté à Chadiéras pour en faire une baignade où Chadiéras continuait de venir faire boire ses vaches, le soir, quand les filles de Siom et des Buiges étaient rentrées chez elles, ayant vu ce qu'elles voulaient voir : ce beau garçon au corps ivoire sortant des flots comme s'il remontait du lit ténébreux de la Vézère où il avait trouvé de la fraîcheur, et qui se tenait devant elles, à portée de voix mais sans rien dire, pour les regarder, les unes après les autres, particulièrement Christine Râlé, pourtant loin d'être la plus jolie d'entre nous, faut-il le redire, mais la regardant avec ce sourire qu'on aurait reconnu même en pleine nuit et qui faisait dire à ta tante que c'étaient les eaux de l'enfance qui continuaient à couler en lui.

Des eaux qui ne demandaient qu'à déborder, se disait peut-être Christine Râlé qui voyait à présent en lui le fiancé du Cantique ; et elle n'était pas la seule, cette petite fille aussi blanche qu'étaient bronzées les tentes de Qédar et les tentures de Salomon, dit ma mère : les filles de Siom, cet été-là, le premier des années soixante, n'auraient pas demandé mieux que d'aller avec lui voir au-delà des grands bois si la vigne bourgeonnait, la fleur s'ouvrait, les grenadiers fleurissaient. Aucune n'avait envie de le voir se transformer en faon ou en chevreuil puis s'enfuir sur la montagne aux aromates ; elles accompagnaient le moindre des gestes qu'il accomplissait en tournant sur lui-même pour redescendre le long de l'ancienne route jusqu'au moment où il perdait pied et se remettait à nager lentement, sans se retourner, en homme qui fait ou a ce qu'il veut, songeaient les filles de Siom en le voyant s'enfoncer sous l'eau.

Christine Râlé, elle, le regardait comme s'il marchait sur les eaux. Elle dut apaiser, d'un geste de la main sur sa gorge, qui n'échappa à personne, la tempête qui se levait dans son cœur, comme dans bien d'autres, malgré les mises en garde que les mères lançaient à leurs filles, lesquelles ne voulaient pas voir quel danger pouvait venir de ce mince garçon qui nageait chaque jour vers elles sans jamais aborder à leur rive ni répondre aux gestes des plus hardies qui se levaient au moment où il prenait pied sur l'ancienne route et qui entraient dans l'eau en riant, penchant vers lui sans le savoir ces poitrines plus révélées que cachées par leurs maillots mouillés, ou le sachant sans le savoir vraiment, disait ta tante assise à côté de moi sur le petit promontoire que forme, à droite de la baignade, l'extrémité des terres de Chadiéras, étant, moi, un peu plus âgée que ces filles et ta tante peu désireuse de se mêler à elles, et surtout pas de ressembler à ces génisses qui demandent le taureau, disait-elle encore, sans que j'approuve le mépris qu'elle leur témoignait ni que je puisse deviner qu'elle était, ma jeune sœur, comme tous ceux qui doivent mourir trop tôt, à la fois curieuse de la vie (bien plus gourmande que ces petites Siomoises frétillantes ou faussement impavides au bord de l'eau) et d'une lucidité qui la rendait intransigeante et lui faisait tenir à distance tout ce qui ne participait pas de l'intelligence, de la grandeur, de la vraie beauté.

Mais savaient-elles, ces filles de Siom, ce que c'est que l'homme et son désir ? Comment auraient-elles pu savoir que ce désir-là est une chose simple, presque stupide, mais étrange, irrépressible et violente lorsqu'il est séparé de l'amour ? La jeune Christine pouvait-elle l'ignorer, elle qui vivait parmi cinq garçons plus âgés, et qui aimait tant se promener sur la route de Lestang, le soir, près de la lande, en compagnie de la Sophie de la Croix ou de la Liliane du Mont-Gradis, le cœur et l'esprit occupés de celui qui, après trois années dans un pensionnat de Haute-Loire où il avait dû, pour être admis, se convertir au protestantisme, murmurait-on, venait de rentrer au pays pour les vacances d'été pendant lesquelles le jeune Malcard (l'orphelin, souviens-toi, naguère affecté à sa surveillance et qu'on avait gardé à la Sestérée pour aider la fille Luche) l'accompagnait partout comme un chien coureur, même si on prétendait ne plus savoir qui était le maître et qui le chien ?

Car on le disait coureur comme son père, ce nouveau parpaillot, sans pourtant être en mesure de rien prouver ni l'avoir vu en compagnie d'aucune fille, au bord de l'eau, dans la campagne ou dans les bals qui se donnaient, l'été, à Siom, aux Buiges, à Villevaleix, à Treignac, et sans songer que c'étaient les filles de Siom qui lui couraient après, d'une certaine façon, quelques-unes allant même jusqu'à envier la fille Luche de vivre près de lui et tenant pour nul et non avenu qu'elle l'avait dépucelé dès que s'était dressé au bas de son ventre ce brandon de chair dont il semblait ne savoir que faire lorsqu'elle le lavait dans la baignoire ; d'autres croyaient savoir que c'était lui qui l'avait forcée, ou qu'elle s'était laissé faire, par terre, à genoux sur le carrelage de la salle d'eau, le fils ayant retroussé ses jupes, sous lesquelles elle ne portait pas de culotte, comme tant de femmes de la campagne, oui, sans oser se défendre par peur d'un scandale bien plus grand que celui qui consistait à se faire prendre par le renard qu'était Pierre-Marie et qu'elle finissait ainsi de révéler à lui-même, l'aidant même à venir en elle afin que ça soit plus vite débarrassé ; sachant, elle, pour avoir subi d'autres hommes (parmi lesquels, murmurait-on, son propre père), que ça ne durait jamais bien longtemps, qu'il valait mieux laisser faire, la peau du cou entre les dents de l'animal, fermant les yeux quand ça allait trop fort ou trop loin dans le ventre, non pas comme les bêtes mais pire, car les bêtes ne font ça que par périodes, après quoi elles retournent à la paix des saisons, alors que l'homme demeure la proie de son désir et, le plus souvent, passe à le satisfaire ou à le fuir plus de temps qu'à apaiser ses autres faims. Bienheureuses les bêtes, car elles n'ont pas cette ceinture de feu autour des reins ni cette couronne de flammes qui les aveugle, et bienheureux ceux qui pourraient trouver la paix des bêtes couchées dans les prés et contemplant les nuages, dit ma mère avec un étrange sourire.

C'est ce qu'aurait dû se dire Christine Râlé, lorsqu'elle s'attardait sur la route de Siom, après avoir raccompagné ses camarades jusqu'aux chemins qui menaient à leurs fermes, parmi les ombres lentes, les scarabées et les lucanes bourdonnant dans les derniers rayons du jour. C'est peut-être ce qu'elle a pensé en voyant surgir celui qui allait fondre sur elle comme un oiseau nocturne, ou plutôt comme si c'était la nuit qui faisait irruption en elle : la ténèbre envahissant ce ventre de vierge et l'abandonnant à la nuit jusqu'à ce qu'un de ses frères, l'aîné, la trouve enfin, à l'aube.

Une aube que Christine n'a jamais vue ; elle gisait à l'entrée d'un pré comme un jeune arbre renversé par le vent avec son feuillage en désordre et la sève coulant d'une déchirure, une plaie, du sang entre ses cuisses plus blanches que le dessous des feuilles de tremble, les yeux ouverts sur ce qui ne pouvait être que la nuit, non pas ce à quoi succédait ce premier jour dont elle ne voyait pas la lumière mais les ténèbres qu'elle était peut-être encore en train de traverser, avec, au cœur de l'obscurité, venue de plus loin que la nuit, l'image de celui qui avait fondu sur elle.

Ils l'avaient attendue jusqu'au matin, les jumeaux autour de la table, en compagnie des parents, et les trois autres dehors, dans la fraîche nuit d'été, l'aîné ayant parcouru plusieurs fois la route de Siom jusqu'à la Sestérée sans trouver personne ni rien entendre que le silence de la nuit à peine troublé par des feulements et de brefs cris de bêtes, et sans se douter que Christine gisait là, près de la ferme de la Vialloche, dont l'unique occupant, ce vieil Adrien Couturat qui dormait avec ses vaches et finissait de venir fou, aurait fait un coupable idéal si les frères Râlé n'avaient eu leur idée sur celui qu'allait peut-être retrouver Christine, le soir, sur la lande de Lestang. C'est ce qu'avaient fini par révéler les jumeaux, qui couchaient dans la même chambre qu'elle et qui ajoutèrent qu'il arrivait à Christine de rentrer se mettre au lit pour ressortir un peu plus tard, achetant leur silence avec un peu de l'argent qu'elle gagnait à présent comme caissière dans un supermarché de Treignac. Les jumeaux ajoutaient qu'on ne retient pas une amoureuse de seize ans et que c'était le neveu de Berthe-Dieu qu'elle allait retrouver, Christine le leur ayant laissé entendre et eux tombant dans le panneau ou ne voulant peut-être pas en savoir davantage. Et, cette fois, ils se seraient tus jusqu'au matin si le chien ne s'était mis à hurler à la mort au milieu de la nuit, comme quand le vent portait chez eux le son des cloches de Siom ou celles de Saint-Hilaire, et si la mère Râlé, devenue avec l'âge plus sourde qu'une trappe, ne s'était éveillée non pas à cause du chien mais des cloches qu'elle croyait avoir entendues dans son sommeil, ce qui avait fait dire au père Râlé qu'elle ne devenait pas seulement sourde mais fadarde avec ces cloches qui lui sonnaient dans la tête. La mère Râlé savait pourtant que ces cloches avaient bel et bien sonné, et qu'elles n'avaient pas sonné pour elle mais pour sa fille, oui, pour Christine, qu'elle avait vue dormir en songe, sachant qu'il est funeste de voir quelqu'un dormir au sein d'un rêve ; et elle s'était levée pour aller la contempler dans son sommeil, alors que le chien continuait à hurler que le diable. Christine n'était pas dans la chambre, et son lit pas même défait. La mère s'était mise à gémir avec le chien, réveillant toute la maisonnée, puis attendant la confirmation de ce qu'elle avait entrevu en songe et que les autres, à tout le moins l'aîné, savaient qu'il devait arriver un jour, ayant, les uns et les autres (et les uns sans doute plus que les autres), toujours redouté ce moment, non seulement celui où Jacques Râlé découvrirait sa sœur violée et assassinée, mais où il pourrait enfin régler son compte au fils Lavolps, ce maudit renard revenu au pays pour commettre ce qu'il avait toujours rêvé de faire, avait songé Jacques Râlé à l'entrée du pré, devant le corps de sa sœur, avant d'appeler ses frères qui faisaient maintenant cercle autour de Christine et contemplaient son sourire : un sourire qu'on ne lui avait jamais vu et qui l'éloignait d'elle-même ou de l'image qu'on croyait avoir d'elle (car on ne regarde jamais vraiment les gens, mon petit, et ce n'est qu'une fois absents ou morts qu'ils nous apparaissent tels qu'ils sont) pour la rapprocher de celui qui s'était brusquement dressé devant elle et qui, murmuraient les frères, ne pouvait être que Pierre-Marie Lavolps.

Un sourire que l'aîné des Râlé tenta d'effacer en lui passant la main sur le visage, après lui avoir fermé les yeux et rabattu sa jupe sur ses cuisses souillées. Il la prit dans ses bras et la porta dans le petit matin, longtemps, plus longtemps qu'il ne fallait pour arriver jusqu'à cette chambre d'où elle n'aurait jamais dû sortir, dit-il aux gendarmes qui lui reprochaient d'avoir déplacé le corps et piétiné l'aire du crime et qui s'entendirent répondre qu'ils étaient de braves bêtes de penser qu'on pouvait laisser le corps d'une fille assassinée, comme ça, à moitié nu, derrière une haie, dans un pré qui n'appartenait pas à la famille, avec les mouches et les limaces qui commençaient à lui entrer dans la bouche et dans le ventre, et les oiseaux de l'aube qui s'approchaient en silence. Il leva même le fusil en direction du brigadier qui parlait de l'arrêter pour entrave à la bonne marche de la justice.

« Elle est morte ; qu'est-ce que vous voulez de plus : la voir toute nue ? » criait-il sans que ses frères cherchassent à le désarmer.

Il fallait le laisser aller au bout de cette fureur qui retomberait une fois le corps emporté, se disaient les gendarmes ; une fois le renard abattu, pensaient ses frères tandis que le père entraînait les représentants de l'ordre dans la cour en marmonnant que son fils Jacques était très attaché à sa sœur, et d'une nature à tuer tout le monde puis à se donner la mort.

« Et où il va, avec ce fusil ? dit le gendarme.

— Chasser le renard. Ça le calme. Il y en a un qui nous fait des misères depuis longtemps », dit le père au brigadier rougeaud qui se demandait peut-être pourquoi rien de tel ne saurait l'apaiser, lui, aucun sang répandu, nul coup porté à la figure de types tels que ces Râlé qui ne valaient pas plus cher que les autres, des gourles, des taiseux, des drôles de types, surtout les jumeaux, ces fenassiers qui ne faisaient jamais rien séparément, pas même leurs travaux amoureux, et qu'on avait même trouvés un jour avec la femme du comptable de la fabrique de contreplaqué des Buiges, dans son propre lit, chacun d'un côté de la femme, en train de la besogner comme jamais nulle femme ne l'a été, à Siom, dit ma mère avec le franc-parler d'une femme à qui son métier en a fait voir plus qu'il n'en faut pour se faire une idée peu enthousiaste de l'espèce humaine : mépris et compassion mêlés en une indulgence assez proche de ce qu'éprouvait le brigadier des Buiges pour la famille Râlé, particulièrement pour l'aîné qui avait toujours voué à sa sœur un ombrageux amour, sinon plus, murmurait-on sans comprendre ce qui pouvait rapprocher un type aussi fruste que Jacques Râlé de la frêle Christine, outre les liens du sang, auxquels il ne faut parfois pas donner plus d'importance qu'ils n'en ont, surtout sur ces hautes terres, dit ma mère.

Elle ajoutait que le chagrin de Jacques Râlé faisait peine à voir, qu'il pleurait sa sœur comme une épouse morte, cette petite Christine qui était partie la première tandis qu'il restait là, lui qui aurait donné sa vie pour qu'elle fût encore de ce monde et qui viendrait vieux, désespérément vieux, sans pouvoir oublier un jour, voire un instant, disait-il, ce qu'il leur avait été donné de contempler, à l'aube d'un jeudi de septembre, et qu'ils voyaient sans doute pour la première fois, du moins l'aîné, lui qui avait déjà vu des morts mais pas de sexe de femme, en tout cas pas comme ça, les femmes qu'il avait eues s'étant données dans l'obscurité, la hâte, ou la honte, sans même se déshabiller ; non, pas ça, cette fleur de l'aube, ouverte et sanglante au plus haut de la blancheur des cuisses dans une mousse châtain, plus claire, plus clairsemée que des cheveux ; une bouche tuméfiée, aussi bien, d'où suintait quelque chose qui brillait comme de la bave d'escargot, en plus épais, avait dit le second fils Râlé lorsque l'aîné avait soulevé la veste qu'il avait étalée sur le corps de sa sœur et dont il tenait un pan comme une aile d'oiseau pour leur faire voir non pas ce qu'ils avaient tous plus ou moins secrètement désiré contempler mais ce qu'ils n'auraient jamais dû voir et que l'aîné s'était résolu à leur montrer afin qu'ils n'oublient jamais ce qu'il fallait se résoudre à laisser maintenant regarder par des étrangers, les gendarmes, le médecin qui allait lui ouvrir le corps d'une tout autre façon, le savaient-ils, pouvaient-ils songer à ce moment qu'on la déposerait nue sur une table d'acier, qu'on lui ouvrirait le thorax par une incision en forme de Y, depuis les clavicules jusqu'au rectum, qu'on lui retirerait les organes un à un pour les peser puis les laver avant de les replacer là-dedans comme des pommes de terre et des navets au fond d'un panier à couvercle de bois, encore moins qu'on lui inciserait la peau de la nuque, d'une oreille à l'autre, afin de pouvoir scier la boîte crânienne, retroussant cette peau et le cuir chevelu sur le visage comme un masque ? non, ils ne pouvaient heureusement pas se le dire, se contentant de voir ce qui avait éclos au bas du ventre, fleur profanée, rose de Saron piétinée, lis des champs abandonné aux orties et aux ronces, dit ma mère en tournant son visage vers l'ombre de la pièce.

IV

C'est alors que cette histoire devient intemporelle, dit ma mère ; non pas à force d'étrangeté ou d'invraisemblance, mais parce que les personnages semblent avoir bondi hors d'eux-mêmes, hors du temps, dans une nuit plus épaisse que la nôtre, ou dans une lumière plus vive, plus aveuglante que celle de nos jours.

On en était arrivé à ce point où plus rien ne pouvait s'inverser ni retourner à l'ordre ancien des choses ; on en était à ce moment où la justice n'est plus possible et où il est pourtant plus que jamais besoin qu'elle soit rendue.

On l'a bien vu le jour de l'enterrement de Christine Râlé. Tout Siom était là, et ceux de Saint-Hilaire, et des gens venus des Buiges, de Treignac, de Toy-Siom, de Villevaleix, non seulement ceux qui viennent se montrer aux enterrements ou les curieux attirés par le mystère entourant le meurtre, mais ceux qui avaient réellement de la peine et tenaient à être aux côtés de la famille Râlé, particulièrement ces vieillards qui n'avaient pas quitté leur ferme depuis des mois ou des années, et qu'on croyait morts, et même les idiots, les demeurés, les simples d'esprit, tous ceux à qui est promis le Royaume des Cieux.

Les Lavolps aussi étaient présents, entourés de leurs alliés de la famille Theix, pour une fois sortis de leur gentilhommière de la route de Tarnac. Aucun des Râlé ne leur a touché la main, une main que les Lavolps ne tendaient d'ailleurs pas et qu'on ne leur aurait sans doute pas serrée. Ils se contentaient d'être là, non pas dans l'église, à l'endroit que la coutume désignait pour le leur, au premier rang, mais dehors, au milieu de ceux qui n'étaient pas arrivés les premiers et qui se tenaient sur le parvis ou plus bas, près du monument aux morts ou sous le grand chêne, silencieux, avec, comme les autres, le souci de ne pas déranger, dans le calme matin de septembre, comme ils feraient un peu plus tard, là-haut, sous les hêtres du cimetière, sachant fort bien ce qui se murmurait au sujet de Pierre-Marie, lequel était debout entre son père et sa mère, pleurant silencieusement, l'air si abandonné qu'il y en aurait certains pour dire qu'il ne pouvait être coupable, que ce devait être un crime de rôdeur, ainsi qu'y avait conclu l'enquête, faute de preuves pour confondre celui que la rumeur désignait comme coupable, par cela seul qu'on se souvenait qu'il avait autrefois déclaré sa flamme à la jeune morte, et parce que solitaire et trop beau, et qu'on entrait dans un temps où, à Siom comme ailleurs, un solitaire commençait à passer pour asocial, donc suspect, au sein d'une communauté qui ne voulait pas voir qu'elle était entrée dans sa propre mort ; un temps où les personnages singuliers, les originaux, les innocents, allaient bientôt être tenus à l'écart de la communauté des vivants, désertant peu à peu les récits et les romans, et aujourd'hui incompréhensibles à ceux qui traverseraient le bourg désert, le monde mort de Siom.

Tout se savait, tout finissait par se savoir, et par finir enfoui dans des terres autrement lourdes que celle des fosses où l'on gît. On savait par exemple (ou on croyait savoir, mais cela revenait au même) que Pierre-Marie Lavolps était dehors la nuit où Christine Râlé avait été tuée, ou plutôt qu'il ne pouvait pas ne pas être dehors puisqu'il y était toutes les nuits, se promenant sur les routes de la commune, y compris les nuits sans lune où il fallait bien avoir un œil de renard pour avancer, et jusque dans Siom où il descendait rêvasser au bord du lac, chacun aurait pu jurer l'y avoir aperçue, cette bête roulée sur elle-même, ou avoir entendu quelqu'un dire qu'il l'avait aperçue, tout de même que chacun aurait été prêt à raconter, mais sans aller jusqu'à le jurer, qu'il l'avait vue, la nuit où était morte Christine Râlé, sur le chemin de Lestang, ou sur la lande, ou encore rôdant près du bois de bouleaux où les frères Lontrade avaient autrefois dénudé la belle Suzanne Pythre.

La justice n'est peut-être rien d'autre que ce qu'on raconte et que tout le monde croit, dit ma mère. Elle n'est pas ce qui est juste mais ce qui convient au plus grand nombre tout en ménageant les secrets de chacun, fût-ce au prix d'une injustice. Justice devait donc être rendue, et le non-lieu ne satisfaisait personne, surtout pas les Râlé, ni même, d'une certaine façon, les Lavolps, qui ne pouvaient continuer à vivre avec l'idée qu'on croyait Pierre-Marie coupable. Il fallait faire en sorte qu'on n'oublie pas, comme toujours, la victime au profit de la sombre gloire du criminel. Son nom était sur toutes les lèvres. Il y bruissait silencieusement, ce qui faisait dire à ta tante que le jeune Lavolps avait fait son terrier dans nos bouches. Un bruit qui avait fini par arriver aux oreilles des gendarmes et à celles du magistrat qui instruisait l'affaire. Les gendarmes étaient revenus à Siom, non pas au café Berthe-Dieu, où ils s'arrêtaient chaque mois pour s'informer, mais à la mairie, faisant savoir par l'intermédiaire du maire qu'ils étaient prêts à entendre qui que ce fût qui aurait aperçu le fils Lavolps la nuit du crime. C'était mal nous connaître ; devant les autorités, nous retrouvions le goût du secret, cette taisure qui a été l'apanage de nos parents et des pères de nos pères ; et puis, ce n'était pas à nous de le débusquer, ce renard-là ; il ne sortirait pas de nos bouches ; il demeurerait dans son nom, dans son terrier étymologique. Pour nous inciter à parler, les gendarmes avaient tenté de nous monter contre les Lavolps, faisant courir une autre rumeur, venue de la Sestérée, celle-là, et qui disait qu'on aurait vu le fils Lauve et le fils Feuillie ensemble, la nuit, attendant on ne savait quoi sur la lande de Lestang ; affirmation pour le moins étonnante, car ces deux-là ne se fréquentaient pas, ne fréquentaient d'ailleurs personne, le premier occupé à tenter d'oublier sa mère enfuie et l'autre uniquement soucieux de l'espèce de violon qu'il pratiquait dans un petit cabanon, derrière l'ancien presbytère : deux drôles de gars, en effet, mais pas plus que le dernier des Pythre et tant d'autres fadards des hautes terres, comme les appelaient ceux qui ne croyaient plus à l'innocence de personne.

Rien n'y avait fait, non seulement parce que nul ne voulait parler mais parce qu'on ne savait rien, qu'on n'avait rien vu, qu'on aurait même plus volontiers aperçu des morts que des vivants, cette nuit-là, et, surtout, qu'on ne pouvait rien contre le témoignage du jeune Malcard, l'orphelin chargé de surveiller Pierre-Marie, et dont on murmurait qu'il était son âme damnée bien plus que son ange gardien.

Ce que disait Luc Malcard depuis le début de cette affaire, c'était que Pierre-Marie Lavolps, la nuit où avait été tuée Christine Râlé, n'avait pas bougé de la Sestérée ; il s'était bien promené dans le parc, jusque sous les épicéas, mais il le faisait chaque soir, très tard, avant de s'endormir ; et il n'avait à aucun moment franchi les limites de la propriété.

« Et comment tu le sais, tête de bournâ ? » avait demandé le brigadier.

Et l'autre, sans se démonter, ayant depuis longtemps compris que ceux qui parlent haut, les gros, les costauds qui menacent, sont loin d'être les plus malins ni les plus redoutables, et que lui, l'orphelin, était maintenant fort d'une importance que ne laissait pas espérer son statut d'homme à tout faire, trouvant dans ce témoignage une forme de noblesse — comme s'il était donné à chacun, une fois dans toute vie, d'accéder, fût-ce provisoirement, et par des voies inavouables, au meilleur de soi —, sentant peut-être que se jouait là quelque chose qui le dépassait, qui relevait du destin autant que d'un bas calcul et dont il ne pouvait mesurer les conséquences, pour lui comme pour les autres, il avait donc répondu au gendarme en relevant le menton, non pour lui dire : « Pourquoi me parlez-vous comme ça ? Pourquoi n'êtes-vous pas capable de voir au-delà des apparences ? Que vous importe qu'il soit coupable ou non puisque c'est moi qui en décide ? », mais avec un cynisme dont il n'avait peut-être pas conscience : « Comment je le sais ? Je ne le quitte pas d'une semelle, le jour comme la nuit. On me paye pour ça. »

Drôle de type, ce Luc Malcard : aussi laid que Pierre-Marie était beau, ou plus exactement d'une beauté tellement travaillée par son contraire qu'on ne pouvait décider s'il était beau ou moche, avec ses cheveux châtain clair et sa taille à peu près aussi haute que celle de Pierre-Marie, mais en plus chétif et sans grâce, comme s'il était condamné à demeurer éternellement aux portes de la vraie beauté, disait ta tante qui les avait souvent vus se promener sur les routes de la commune, avant le meurtre, et qui assurait que, de dos, on les aurait pris l'un pour l'autre, n'était leur façon de marcher qui faisait se ressembler Luc Malcard et Pierre-Marie non pas comme un chien se modèle sur son maître mais, au contraire, comme un humain finit par prendre des expressions, des manières, des habitudes de son chien. Et avec ça, aussi malin et sombre que l'autre était simple. Mais on savait, à Siom comme ailleurs, que les apparences sont trompeuses. Il y avait surtout ce qu'on croyait savoir ; et ce qu'on croit savoir a, redisons-le, valeur de vérité quand c'est toute une communauté qui s'accommode des apparences, dût-elle passer le reste de son temps à vivre dans l'erreur, les fausses vérités ayant la vie plus dure que la vérité vraie, laquelle ne peut être qu'une autre formulation du mensonge, une hypothèse à peine mieux tolérée qu'un campement de romanichels sur la place du village.

Ce qu'on croyait savoir (et bien des éléments militaient en faveur de cette version, par exemple le fait que les Râlé ne se soient laissés aller à aucun débordement, que nul cri n'ait retenti, nulle arme tonné sur les hauteurs de Siom), c'est que Jacques Râlé s'était rendu chez les Lavolps, certains disaient le soir du jour où il avait trouvé sa sœur morte, d'autres après l'enterrement, d'autres encore après qu'un non-lieu eut été prononcé. Il y était allé comme il l'avait fait, quelques années plus tôt, après l'incident du Cantique, accompagné de Pierre et d'Alain Râlé, ses puînés, disait ta tante, qui ne répugnait pas aux tournures rares ou aux mots obsolètes.
Ce n'est pas parce que les gens ne savent pas ce qu'ils disent et le disent mal qu'il faut qu'à mon tour je parle comme on porte des haillons, soutenait-elle lorsque je m'agaçais de l'entendre parler ainsi.
Comme autrefois, les jumeaux étaient restés à Peyre Nude, ceux-là constituant un attelage à part, se disait-on à les voir toujours ensemble

courir par les chemins du canton, d'abord à pied, ensuite sur leurs pétarous, ces vélomoteurs bleu ciel dont le moteur, reconnaissable entre tous, n'annonçait jamais rien de bon, pensaient les mères dont les filles, lorsqu'elles les entendaient, relevaient la tête d'un air rêveur, s'attendant à voir devant elles ces deux frères comme des chevaliers extrayant de leurs casques des têtes qu'on s'étonnait de voir si avenantes ; mais ce n'étaient là que songes de jeunes vierges, les jumeaux ne s'intéressant qu'aux femmes faciles, des femmes mûres, le plus souvent, et, quand ils n'en trouvaient pas, tirant plaisir l'un de l'autre, murmurait-on au plus bas de la voix.

Comme autrefois, Pierre et André Râlé s'étaient postés le premier sur la plus haute marche du seuil, le second à l'entrée du couloir, tandis que Jacques entrait dans le salon aux lambris de bois clair. Un feu brûlait dans la haute cheminée, auquel se chauffait Mme Lavolps, bien qu'on ne fût qu'en septembre. Jacques Râlé refusa de s'asseoir, ce qu'il avait à dire devant être proféré debout, d'homme à homme, a-t-il dû déclarer en regardant Mme Lavolps, qui s'est levée, est passée devant lui en murmurant, avant de quitter la pièce :

« Soyez juste. »

Imaginons la suite, dit ma mère : Jacques Râlé face à Louis Lavolps, le premier quelque peu apaisé par les ans et par la ferme dont il avait la charge depuis que le père se faisait vieux et que la mère perdait la boule, et l'autre, accablé, défait, s'étant depuis toujours attendu au pire et voyant le pire arrivé, l'un et l'autre sachant sans doute la vérité, quoique sans en avoir la même opinion. M. Lavolps n'avait même pas besoin que Jacques Râlé lui présentât la mèche de cheveux clairs trouvée entre les doigts de sa sœur et qu'il gardait sur lui jour et nuit, dans un grand mouchoir. Il lui dit tout de go qu'il savait ce qui s'était passé, que Pierre-Marie avait réussi, cette nuit-là, à tromper la surveillance du petit Malcard, on ne pouvait avoir confiance en personne, aujourd'hui, pas même en un orphelin qu'on avait tiré de l'hospice et traitait comme un autre fils.

« On ne peut tenir en cage une mauvaise bête », avait répondu Jacques Râlé, à qui M. Lavolps déclara qu'il fallait donc qu'ils eussent confiance l'un en l'autre, au moins eux deux, qu'il voyait bien que son fils ne pouvait pas vivre la vie de tout le monde mais qu'il devrait mourir de la mort de tout le monde, et non comme une bête, à supposer qu'il fût coupable.

« Faut que la bête meure, avait dit Jacques Râlé.

— Réfléchissons, avait dit M. Lavolps : ou bien on le livre à la justice, qui le déclarera fou et l'enfermera dans un asile d'où il finira par sortir un jour, car ils sortent toujours, ou bien nous faisons justice nous-mêmes.

— Laissez-le-moi, il souffrira pas.

— Non, pas comme ça, avait dit M. Lavolps, pas comme un animal, même s'il faut, tu as raison, que la bête meure.

— Laissez-le-moi, laissez-moi tuer la bête qui est en lui.

— Elle a fait son terrier dans son innocence.

— Vous voulez le sauver !

— Tu le puniras encore mieux si tu le laisses en vie.

— Ma sœur est plus en vie, elle.

— Elle vit autrement, ailleurs, mieux que nous autres.

— Faut qu'il meure... »

Et ils avaient bataillé comme ça jusqu'à une heure avancée de la nuit, le vieux M. Lavolps — il n'était pas si vieux que ça mais paraissait avoir vieilli de dix ans, ce jour-là, passé en quelques heures de l'âge mûr aux confins de ce temps où il semble qu'on soit revenu de tout — et le grand Râlé qui ne s'était toujours pas assis, que l'aveugle souci de justice tenait seul, debout, soutenu par cette fureur à laquelle il fallait trouver un lit pour qu'elle s'écoule et qu'ils puissent l'un et l'autre s'asseoir non pas ensemble, sous les poutres de cèdre, mais chacun chez soi, en songeant que justice avait été rendue ; non pas la justice républicaine (en quoi ni le propriétaire terrien ni le fermier n'avaient, pour ce cas-là, confiance, M. Lavolps parce qu'il avait participé à la Résistance et savait à quoi s'en tenir sur la justice des hommes et, plus largement, sur la vie et la mort, et Jacques Râlé par méfiance atavique envers les institutions de l'État), mais cette justice qui se rend d'homme à homme, presque en secret, par exemple de père à père, pour peu qu'on admette que Jacques Râlé n'était pas que le frère de Christine mais aussi l'aîné, celui qui deviendrait bientôt le chef de famille, à la mort du père Râlé, lequel, miné par le chagrin, ne tarderait pas à rejoindre sa fille en un monde meilleur, au début de l'hiver ; un monde que j'espère meilleur, dit ma mère, car c'est peut-être là que réside la vraie justice : non pas dans le fait de savoir si un innocent comme Pierre-Marie Lavolps devait payer de sa vie le meurtre, qu'il n'avait peut-être pas commis, d'une jeune fille, mais si les souffrances qu'ils auront connues ici-bas, Christine Râlé, Pierre-Marie, ta tante et tant d'autres, trouveront réparation dans une autre lumière.

« Un arrangement », murmurai-je.

On peut le voir comme ça, dit ma mère. Il y a des circonstances où on cherche la justice aussi loin de Dieu que des hommes, jusque dans le contraire de la justice ; de grands mots, je sais, mais qui disent assez bien ce qui se passait entre ces deux-là. L'affaire se présentait de telle façon que, coupable ou pas, Pierre-Marie devrait payer. Chacun en savait trop ou croyait que l'autre en savait assez pour vendre la mèche, si j'ose dire. Il fallait une issue à cet étrange conflit, et ils avaient fini par trouver un accord, un arrangement, si tu préfères, le père jurant sur l'honneur de faire justice lui-même, Jacques Râlé ne consentant à se taire qu'à la condition que le fils Lavolps périrait de la main de son propre père, et que le père en apporterait la preuve, en échange de quoi l'aîné des Râlé détruirait la boucle de cheveux.

C'est du moins ce qu'il faut supposer, car on ne voit pas comment Jacques Râlé aurait pu sortir de chez les Lavolps l'air non pas satisfait, ç'aurait été trop dire, mais paisible et un peu hautain, comme quand on a conclu une affaire importante où chacun trouve non seulement son compte mais pense avoir pris l'avantage sur autrui, et faisant signe à ses deux frères de le suivre, reprenant au passage leurs fusils, comme ils l'avaient fait, quelques années plus tôt, dans le buisson de houx au creux duquel ils les avaient laissés, puis rentrant sans un mot à Peyre Nude.

On les a vus tous les trois à Siom, le lendemain, si je me souviens bien, plus mystérieux et menaçants que jamais, au café Berthe-Dieu, pour y boire de cette anisette Gras qu'ils jugeaient supérieure aux autres pastis et que Jeanne Berthe-Dieu, qui ne voulait perdre la clientèle de personne et surtout pas l'envoyer en face, au café Chabrat, faisait venir pour eux seuls ; non que les autres n'en eussent goûté (ils regardaient même avec envie cette jolie bouteille à corps carré et long col), mais ils préféraient ne pas se mettre mal avec les Râlé en buvant en leur absence l'anisette qui passait désormais pour leur apanage, sinon leur propriété. C'est dire si on les redoutait, plus qu'ils n'étaient redoutables ; mais le meurtre de la jeune sœur, la bouteille d'anisette, les tractations secrètes avec les Lavolps, tout ça leur donnait un sombre prestige, de même nature que celui des Pythre ou du père Lauve. Il fallait donc que l'arrangement reposât sur des bases solides, que M. Lavolps eût donné de véritables assurances.

Et que pouvait faire Louis Lavolps devant cette gourle qui demandait justice, qui considérait qu'il était, ce rustaud, dans son droit, et que lui, en tant que père, avait le devoir de sacrifier ce fils qui était, malgré tout, ce qu'il avait fait de mieux, faute d'avoir fait le bien, même envers ce fils dont il mesurait le prix au moment où il était condamné et qu'il aimait d'autant mieux qu'il n'en avait pas d'autre et ne voyait surtout pas comment annoncer à la mère ce qu'il avait conclu avec Jacques Râlé ? Non, pas à une mère, on ne pouvait dire à une femme qu'on venait de s'engager sur l'honneur à tuer de ses mains son propre fils, puis à présenter à un Jacques Râlé une preuve de sa mort.

C'était, disaient certains, qu'on en était une fois encore revenu à la Bible, à l'Ancien Testament, au peu qu'en savait Jacques Râlé : à cet

« œil pour œil » auquel Louis Lavolps avait vainement opposé le « Tu ne tueras point », et à quoi le Râlé avait rétorqué que ça ne s'appliquait pas à un renard enragé, sans peut-être songer que le père portait le même nom et qu'il était un tout autre renard, vraiment dangereux, celui-là, et que c'est ce renard qui allait sortir de son trou.

C'était surtout, disaient les autres, une conception de l'honneur qui n'avait plus cours, sauf en des endroits perdus comme Siom, où on n'a jamais rien fait comme tout le monde, une conception venue de la nuit des temps et qui rend cette histoire intemporelle.

V

Il s'agissait de faire rentrer le renard dans son nom, dit ma mère, de lui faire regagner son terrier, de l'enterrer dans son étymologie, d'oublier enfin ce que voulait dire ce patronyme.

Bien sûr, il serait à ce moment plus facile de situer cette histoire en un temps plus reculé, à une époque où on n'avait pas besoin de papiers pour prouver son identité mais où celle-ci s'établissait à partir de l'accent, du patois, du métier, de ce qu'on disait de soi autant que de ce que les autres pouvaient en dire : l'accent de la vérité, en quelque sorte ; car il faut bien que celle-ci ait un accent, qu'elle soit au moins perceptible dans ce que je vais te dire et qui nous a paru incroyable, à moi comme à tous les Siomois et au-delà de Siom, quoique, en fin de compte, pas plus incroyable qu'autre chose si on accepte l'idée que la vérité est délivrée du temps et qu'il suffit qu'un événement ait été simplement raconté pour qu'il accède à une certaine forme de vraisemblance, laquelle avait ici la blondeur d'une mèche dans une paume obscure.

Laissons les fils Râlé à leur deuil, à leur obscurité, à leur espoir d'être bientôt débarrassés de Pierre-Marie, et tournons-nous vers les Lavolps, le père s'entretenant avec la mère tout le reste de la nuit, non plus dans le salon, où le feu s'était éteint, mais dans la semi-obscurité de la chambre conjugale, où il tentait de la convaincre qu'il fallait éloigner au plus vite, et définitivement, Pierre-Marie de Siom, sans toutefois lui révéler la teneur de l'accord (car, mise au courant, je ne doute pas qu'elle se serait précipitée à Peyre Nude pour offrir, comme toutes les mères, sa vie en échange de celle de son fils, ne bougeant pas du seuil des Râlé, les suppliant, cherchant comment mourir sur ce seuil, afin d'en finir avec l'inexorable), mais lui représentant que le non-lieu serait susceptible d'être remis en question tant que Jacques Râlé pourrait produire la mèche arrachée à la tête de leur fils par la main d'une morte, et en échange de laquelle le grand Râlé exigeait rien de moins que la tête de Pierre-Marie, comme on aurait dit autrefois, dit ma mère, par exemple pendant les guerres de Religion, au cours desquelles la forêt recouvrant le plateau de Millevaches a été incendiée, brûlant pendant des semaines, ou au Grand Siècle, ou encore au siècle suivant, dans lesquels cette histoire avec sa sauvagerie, ses plis et replis, et les ténèbres qui en constituent le fond, serait plus compréhensible et, d'une certaine façon, plus proche de nous.

La tête de Pierre-Marie, donc, du moins quelque partie de son corps prouvant qu'il était hors d'état de nuire, avait dit Jacques Râlé, dans la bouche de qui ces mots signifiaient la mort ; ce que M. Lavolps interprétait autrement, jouant de l'ambiguïté de cette expression qui n'impliquait pas que Pierre-Marie mourût, et décidant avec sa femme (ou faisant semblant d'entrevoir avec elle un espoir alors qu'il n'y en avait pas, pas même de quitter Siom car, où qu'ils allassent, ils guetteraient jusqu'à leur dernière heure le fusil ou le couteau d'un Râlé), décidant donc d'éloigner Pierre-Marie sans tarder, non pas en l'emmenant lui-même, encore moins en l'abattant de sa propre main comme le lui avait suggéré le grand Râlé, mais en le confiant au jeune Malcard, sur le témoignage de qui reposait le non-lieu, et qui avait ordre de le conduire, à pied, comme un réprouvé, de l'autre côté du plateau, dans la Creuse, près de Felletin.

Ce qu'on saurait plus tard, après bien des années, lorsque la vérité aurait accompli le chemin inverse de la vraisemblance et de l'outrage, c'est que M. Lavolps avait confié au jeune domestique (appelons-le comme ça, dit ma mère, puisque c'est ainsi qu'on parlait sur les hautes terres, avant que le langage officiel ait jugé bon, au nom de l'idéal démocratique, de dissocier un mot séculaire de la fonction qu'il désigne, réfutant ainsi l'adage selon lequel il n'y a pas de sot métier et reléguant, avec tant d'autres, le métier de domestique dans l'oubli) une lettre dont il n'est pas difficile d'imaginer le contenu.

Ce qui s'est passé ? dit ma mère après un moment de silence pendant lequel elle sembla oublier non seulement où elle en était de cette étrange histoire mais où elle se trouvait en la racontant, et si même il était possible de la conclure. Eh bien, imagine le fils cheminant dans l'aube froide d'un jour d'octobre, à côté du domestique qui avait à peu près son âge et, souviens-t'en, la même apparence, du moins de dos, si bien qu'il y a eu des langues, à Siom, pour répandre le bruit que Luc Malcard avait de qui tenir, étant probablement le fils naturel de M. Lavolps et d'on ne savait qui, tant il est vrai qu'à cette époque les hommes rechignaient moins qu'aujourd'hui à se répandre dans le ventre des femmes, et donc le demi-frère de Pierre-Marie : non pas semblables comme les jumeaux Râlé, ni aussi complémentaires, mais plus indispensables l'un à l'autre que maître et valet.

Il faut les accompagner en ce matin d'octobre, par les chemins écartés, par les petites routes qui partent de Siom en direction de Tarnac, le domestique ayant à l'épaule la gibecière et le fusil du maître, comme s'ils allaient à la chasse mais avançant entre les pans de brume, sous des frondaisons immobiles et chargées d'eau, avec l'air déterminé et fermé de qui va beaucoup plus loin, dirait le fils Nuzejoux, qui les avait aperçus entre la gare et Toy-Siom, oui, bien plus loin que ce que peut laisser supposer un fusil de chasse, fût-il porté par un domestique qui prenait très au sérieux sa mission et marchait, lui, avec une expression d'autorité qui ferait penser à ceux qui les avaient vus partir que c'était le Malcard qui allait s'occuper du renard, nul ne doutant, à Siom, que Pierre-Marie dût mourir et n'étant disposé à lever le petit doigt pour l'empêcher.

Ils ont marché jusqu'à Tarnac, puis vers la Creuse, sans faiblir, non pas comme s'ils fuyaient quelque chose mais pressés d'arriver là où on les attendait, s'arrêtant pour la nuit dans un petit hôtel de campagne, du côté de Gentioux, Luc Malcard les donnant, lui et son compagnon, pour des chasseurs que leur traque avait entraînés trop loin de chez eux pour rentrer à pied, et cependant désireux de retourner dès l'aube dans la forêt, poursuivant depuis la veille un sanglier, un vieux mâle qui semblait les narguer et avec lequel ils avaient donc un compte à régler, a-t-il expliqué à l'hôtelier, qui devait considérer qu'ils avaient l'air bien jeunes pour une telle chasse, et bien étranges de se déplacer comme ça, à pied, depuis Siom, à l'autre bout du plateau. Car on était déjà en un temps, dit ma mère, où se déplacer à pied sur une aussi longue distance vous rendait aussi inquiétant qu'un romanichel, le jeune blond, surtout, parce qu'il était beau, aussi beau que l'autre semblait laidassou, dirait l'hôtelier, plus tard, lorsqu'il aurait enfin mis un nom sur ce visage, le lendemain matin, dans ses cabinets, au fond du jardin, grâce à une page du journal qu'il découpait en petits carrés pour s'essuyer, découvrant une photo de Pierre-Marie publiée au moment de l'affaire Râlé, élevant cette photo dans la lumière grise de l'édicule de bois où il allait fienter plus volontiers que dans les toilettes de l'hôtel, parce que c'était un endroit où on était seul avec soi-même, dirait-il à ta tante qui, quelques années plus tard, avait tenté de retrouver le chemin qu'ils avaient parcouru. L'aubergiste s'enorgueillissait d'avoir accueilli chez lui quelqu'un qui avait été suspect dans une affaire criminelle, autant dire un coupable, et qui avait l'air bien bizarre, préciserait-il, tout comme le gars qui l'accompagnait et qui, par exemple, au moment où l'aubergiste avait voulu verser du vin au blondinet, avait arrêté son bras d'un geste un peu vif en disant : « Non, il lui en faut pas ! », d'une voix trop forte pour cette salle à demi obscure aux murs de laquelle luisaient des bois de cerf et une hure de sanglier, et où ils étaient les seuls clients, raison pour laquelle l'hôtelier n'avait pas jugé bon d'allumer plus d'un plafonnier, devinant que ces deux gars ne souhaitaient pas qu'il y eût plus de lumière. « Des clients guère fameux ! » dirait-il encore en précisant qu'il leur avait servi de la charcuterie, une omelette aux girolles, de la salade et du fromage à quoi le blond n'avait presque pas touché, dormant debout, l'air perdu, tandis que l'autre, qui paraissait commander et qui tenait les cordons de la bourse, avait mangé pour deux avant de monter se coucher, ayant enfermé à clé le blond dans sa chambre, au fond de cet hôtel où le silence était si parfait que le moindre bruit y résonnait comme dans une église déserte.

On aurait presque pu entendre battre le cœur de Pierre-Marie, allongé sur un lit à montants de cuivre, les yeux ouverts, songeant sans doute à ce qui l'attendrait le lendemain, lorsqu'ils se seraient remis en route, très tôt, toujours à travers le brouillard, les bois immobiles, les taillis derrière lesquels semblait se dérober le monde. Peut-être se demandait-il où ils allaient depuis deux jours. Peut-être (c'est plus probable) ne s'en souciait-il pas. Deux jours qu'ils n'avaient pas vu le soleil et qu'ils marchaient sous les arbres, entre des fougères et des genêts plus hauts qu'eux, le long de talus détrempés, par des chemins perdus. Deux jours que Pierre-Marie avait fait à sa mère et à son père des adieux qui leur avaient tiré des larmes, à tous les trois, bien que ce fût une famille où, comme tant d'autres, sur ces hautes terres, on n'avait pas la larme facile et où pleurer en public était presque plus inconvenant que d'y lâcher un pet. Mais sans doute ne se demandait-il rien et avançait-il comme il l'avait toujours fait, dans cette demi-nuit de l'esprit où il était, je veux le croire, plus heureux que nous et où il continuait à s'entretenir avec la petite Râlé, étant de ces êtres qui ont depuis longtemps renoncé aux frontières que nous établissons entre le rêve et la réalité, entre la vie et la mort. Gageons même qu'il espérait retrouver celle qui n'était pas vraiment morte puisqu'il pouvait lui parler, penser à elle, l'appeler dans la nuit des grands bois, comme on l'avait entendu faire, les jours qui avaient suivi le meurtre, avant qu'il n'entrât dans un étrange silence avec un sourire qui faisait penser qu'il avait, lui aussi, traversé les ténèbres ; un sourire probablement semblable à celui qu'il avait aux lèvres, au soir du deuxième jour, à quelques kilomètres de Felletin, au pied d'une colline où montait une route étroite qui semblait mener à une vaste demeure bâtie sur un replat tombant à pic, au bout d'un parc, sur la vallée ; une sorte de manoir à haut toit d'ardoise et crépi blanc qui s'en allait par endroits et révélait la pierre, un granit plus clair que celui de la tour carrée autour de laquelle la bâtisse s'était développée au cours des âges : outre le corps de logis, deux ou trois appentis de moindre taille qui achevaient de détruire l'harmonie qui avait été celle de cette demeure, au XVIe ou au XVIIe siècle, et, derrière, de l'autre côté d'une étroite cour, le bâtiment des écuries avec son toit de tuiles rousses et ses murs couverts de lierre. L'ensemble paraissait non pas à l'abandon mais un camp retranché, hors du temps, comme tant de maisons de maître cernées de bois ou par les vents, sentinelles lasses qui ont délaissé leur rôle de protectrices ou de veilleuses pour se replier sur elles-mêmes, le plus souvent closes, rouvertes seulement l'été, quand elles ne sont pas retournées à la forêt et aux légendes errantes.

Ils se sont d'abord arrêtés au bas de la route qui monte vers la Font-Nigre ; c'est le nom que Luc Malcard avait déchiffré sur la pancarte ; mais l'orphelin n'était pas de nature à se fier aux mots qui traînent dehors, leur préférant la parole vive, celle qu'on peut taire ou transformer à sa guise ; et on peut imaginer qu'il a arrêté un type à vélomoteur qui descendait de la colline pour lui demander si c'était bien la maison de M. Condeau qu'on apercevait là-haut, sur la butte. Le type a hoché la tête d'une façon qui n'infirmait ni ne confirmait, le regardant comme si on lui demandait le chemin du mont des Oliviers, avait dit ta tante. Ils sont montés jusqu'à l'embranchement ; ils se sont arrêtés à l'entrée d'un chemin de gravier qui s'enfonçait sous de hauts thuyas, pour reprendre leur souffle ou attendre la fin d'une averse, le fils Lavolps assis sur une souche et contemplant le sol comme s'il allait se dérober sous ses pieds, et le domestique accroupi près de lui, à la manière des paysans qui, pour ne pas salir leurs pantalons, bavardaient ou se taisaient ensemble, l'été, sur la place de Siom. Ils sont restés longtemps comme ça, sans se regarder, en silence, ne s'étant d'ailleurs jamais beaucoup parlé, Pierre-Marie n'ayant jamais eu pour le langage des hommes l'amour qu'on lui porte généralement.

Luc Malcard est sorti le premier de ces eaux vespérales. Il s'est écarté pour aller pisser entre les fougères. Il pensait à la lettre qu'il serrait dans la poche intérieure de sa veste ; il n'avait, on peut le croire, pas un instant cessé d'y penser depuis que M. Lavolps la lui avait confiée pour qu'il la remît en mains propres à son destinataire en même temps que le fils, l'une ne pouvant aller sans l'autre, et M. Lavolps lui ayant assuré qu'il lui crèverait les yeux s'il la perdait. Luc Malcard l'en savait capable — du moins le craignait-il assez pour le croire. Il a fini par tirer la missive de sa veste de velours brun à grosses côtes, exactement semblable à celle que portait Pierre-Marie, ce qui faisait dire que Mme Lavolps ne se contentait plus de refiler au Malcard les vieux habits du fils : elle achetait les mêmes vêtements aux deux garçons et c'était bien là la preuve qu'ils étaient des sortes de frères. Il regardait la lettre comme il l'avait fait, la veille, dans la nuit de la chambre d'hôtel, assez intelligent pour deviner que s'il l'ouvrait tout prendrait un autre sens, pour Pierre-Marie comme pour lui ; et aussi pour se dire qu'on ne pouvait crever comme ça les yeux de quelqu'un, aujourd'hui, surtout de quelqu'un qui pouvait revenir sur sa déclaration et soutenir, par exemple, que Pierre-Marie Lavolps n'était pas avec lui, la nuit où la petite Râlé avait été tuée, qu'il l'avait même entendu sortir de sa chambre et vu bondir par-dessus le mur du parc, oui, il pourrait raconter des choses de ce genre, mensonge ou vérité, ce n'était pas aussi simple qu'on le disait, rien ni personne n'étant jamais simple, pas même le jeune garçon qu'il avait amené jusque-là, dans la Creuse.

La question était maintenant de savoir s'il ouvrirait la lettre ou la remettrait, sans l'avoir lue, à M. Condeau, le destinataire, qui les attendait au bout de la sombre allée de sapins, dans cette demeure qui appartenait déjà à la nuit. Il transpirait. Il était sur le point de décacheter la lettre ; mais il savait à peine lire, en tout cas pas assez pour déchiffrer rapidement l'écriture de M. Lavolps. Il était dans un de ces moments où on donnerait tout pour satisfaire la curiosité qui nous dévore les entrailles, et un Luc Malcard n'avait rien d'autre à donner que sa vie. C'est sa vie qui était en jeu, se disait-il peut-être sans vraiment comprendre ce qui se passait mais devinant qu'il en savait déjà trop pour que les choses redevinssent ce qu'elles étaient, qu'il reprît sa place à la Sestérée dès lors qu'il aurait livré le fils à M. Condeau, là-bas, au bout de l'allée de sapins, et qu'on fît comme si rien n'avait eu lieu, qu'on enfouît cette histoire au fond de soi comme les animaux morts dans l'endroit le plus reculé du jardin.

On peut imaginer que Pierre-Marie a fini par relever la tête ; il a vu Luc Malcard en train de contempler la lettre ; il s'est approché à pas légers, comme à son ordinaire, sans que l'autre l'entendît. Il lui a paru que les choses devaient être remises en ordre, le domestique retrouvant sa place et le fusil une épaule de maître ; oui, que c'était lui, Pierre-Marie Lavolps, qui devait désormais réfuter les récits dans lesquels on le faisait se terrer ; c'était lui qui devait porter le fusil que le domestique avait eu l'imprudence de déposer contre un tronc pour aller se soulager dans les fougères ; et c'était lui qui devait heurter à la porte de M. Condeau, cet ami de son père qu'il n'avait jamais vu mais dont il avait entendu le nom dans la bouche de ses parents : un homme important, probablement terrible, devant lequel il ne pouvait se présenter comme un misérable, précédé par ce domestique qu'à la faveur de la nuit on aurait pu prendre pour lui.

Regarde-le s'approcher de celui qui l'a amené jusque-là, non seulement sur la colline de la Font-Nigre, mais, par son témoignage, dans une situation que la Parque seule pouvait dénouer. Voyons maintenant Luc Malcard se retourner, découvrant à quelques pas de lui l'innocent avec le fusil non plus cassé mais fermement pointé sur sa poitrine, et murmurant :

« Tu vas savoir ce que dit cette lettre... »

L'orphelin a fait ce que l'autre lui demandait, reculant jusqu'à une pierre plate, à égale distance des deux garçons (on ne peut dire des deux hommes, à cause de leur âge, et tout ça ayant, à ce moment, encore l'air d'un jeu), comprenant qu'une fois le contenu révélé il perdrait la vie, réalisant en quelque sorte la lettre même de l'expression qui lui était passée par la tête et qui était qu'il donnerait sa vie pour satisfaire sa curiosité, et à présent terrifié d'avoir à sacrifier cette existence qui ne tenait plus qu'à un fil, à ces quelques lignes, plutôt, qu'il lisait à voix haute sous la menace du fusil, sans vraiment comprendre, de la même façon que la vie du jeune Lavolps ne tenait qu'à une mèche de cheveux, et qui disaient, ces mots ébruités dans l'air du soir parmi les gouttes de pluie et la brume montant des fondrières, que M. Lavolps envoyait à son ami Condeau son fils unique, criminel et innocent tout à la fois, nul ne pouvait en décider, encore moins le juger ; et il le priait de l'abattre d'une balle de revolver dans la nuque, sans qu'il s'en rende compte, comme ils avaient abattu des traîtres, pendant la Résistance, ou plutôt comme on achève une bête blessée ou malade, rapidement et par surprise, dans son sommeil par exemple, rappelant qu'un coup de revolver à l'arrière du crâne ou sur la tempe ne devait pas être plus terrible qu'un coup de poing, moins terrible, même, assurait Louis Lavolps en ajoutant que lui, Lucien Condeau, en était capable, à tout le moins capable de ce qui demeurait interdit à un père qui n'avait pas la foi et qui ne pensait donc pas que l'Éternel arrêterait son geste en enflammant devant lui un buisson de genêts. Pour finir, et sans doute pour faire accepter l'extraordinaire de la chose, le père rappelait à son ami (une de ces amitiés de vieux compagnons d'armes qui obéissent à des lois et des règles sur lesquelles le temps n'a en général pas plus de prise que sur les affaires d'honneur même si M. Lavolps craignait qu'il n'eût, ce temps, amoindri la force de caractère de son ami, tant il est vrai que ce que nous avons été dans certaines circonstances fait de nous un objet de récit ou d'oubli, presque une autre personne, une sorte d'étranger avec qui nous entretenons des rapports de méfiance, de nostalgie, d'incrédulité), il rappelait une dette envers lui contractée au maquis, dont il ne parlait pas davantage mais à propos de quoi on peut penser que Louis Lavolps avait, par exemple, exécuté, pour le compte de Lucien Condeau, quelqu'un que celui-ci eût été incapable d'abattre ; une dette de cet ordre, comme il y en a eu tant d'exemples dans cette période d'injustice et de ténèbres : un de ces faits obscurs que suscitent les guerres aussi bien que les chroniques familiales, du temps où il y avait encore des familles, dit ma mère, avec leur poids de secrets, leur sens de l'honneur, du nom, de la grandeur, de l'éternité, oui, même si tout ça n'était qu'une illusion... Quant au domestique, concluait Louis Lavolps, il devrait repartir dès le lendemain, à pied, comme il était venu, en croyant que Pierre-Marie vivrait désormais à la Font-Nigre, auprès de M. Condeau, tandis que lui, Luc Malcard, retournerait à l'obscurité d'où il n'aurait pas dû sortir.

Vois-le, vois-le, ce Luc Malcard en train de regarder Pierre-Marie Lavolps et se disant qu'il voyait le monde pour la dernière fois, exactement comme ça se passait dans les romans de quatre sous que lui lisait la fille Luche, ses yeux cherchant quelque chose dans le morne paysage de sapins et le ciel noir avant d'en revenir au visage d'ange blond qui lui souriait avec, derrière lui, au fond de l'allée, la masse grisâtre de la maison où il n'y avait de lumière à nulle fenêtre, entendant pour la dernière fois le silence à peine troublé par la pluie dégouttant des arbres et, dans la vallée, une voiture remontant vers le haut plateau limousin ; et puis quittant le visage de l'ange pour s'arrêter sur une de ces choses insignifiantes qu'on dit que les yeux isolent dans ces moments-là : une flaque d'eau dans une ornière où se reflète un morceau de ciel, oui, regardant ça pendant les quelques instants où il a pu croire la décision suspendue, le temps lui faisant une faveur, le prenant en pitié et lui, donc, sauvé, gracié, retardant le moment de retomber dans le temps, de relever les yeux vers Pierre-Marie ou, ce qui revient au même, vers le canon du fusil braqué sur lui sans savoir qui parlerait, le fusil ou Pierre-Marie, ou encore, se disait-il peut-être, une voix sortie des nuages ; car il fallait que, d'une façon ou d'une autre, il soit mis fin au silence, ce silence dans lequel (selon une version légèrement différente des faits)

Pierre-Marie lisait maintenant lui-même, lèvres closes, la lettre qu'il avait demandé à Luc Malcard de déposer sur la pierre. Muette lecture qui inquiétait bien plus le domestique que si l'autre lui en avait donné de vive voix la teneur ; car le mutisme de celui qui lit devant quelqu'un est à peu près semblable au silence d'une personne aimée dont on observe le sommeil et dont on devine que les songes ne nous concernent pas, de la même façon qu'on croit entendre le silencieux bruissement des mots du lecteur, cherchant à évaluer ce qu'il lit à sa respiration, à ses mimiques, au temps qu'il met à tourner les pages, à la plus ou moins vive chaleur qui empourpre ses joues et dont nous ferions presque dépendre notre bonheur, voire notre existence.

C'était ce que pouvait se dire Luc Malcard. Il sentait que sa vie prendrait fin dès que Pierre-Marie Lavolps aurait terminé sa lecture. Il savait maintenant qu'une vie peut se jouer sur une lecture erronée autant que sur une faute d'attention. Peut-être s'est-il dit enfin qu'il ne lui restait plus qu'à tenter de reprendre ce fusil qui devait de toute façon tonner, et bondissant donc sur le fils Lavolps pour recevoir le premier coup dans le ventre, comprenant alors, dans l'aveuglante, la scandaleuse clarté de la douleur, que la lettre disait seulement que quelqu'un devait mourir, et ne pouvant pas ne pas penser alors que ce ne fût lui, Luc Malcard, parce qu'il savait ce qu'il savait, avait-il encore pensé en recevant le second coup, en pleine figure, cette fois, de sorte que nul ne pourrait l'identifier, lui qui n'avait été ni désiré ni reconnu par aucun père ni aucune mère, un être pour rien, un de ces orphelins qui apparaissent et disparaissent sans faire plus de bruit qu'une araignée d'eau à la surface d'une mare.

La suite se conçoit aisément : le fils Lavolps se présentant chez M. Condeau en se faisant passer pour le domestique, s'étant coupé les cheveux avec son couteau de chasse et défiguré en se répandant sur le visage la poudre d'une cartouche à laquelle il avait mis le feu, en hurlant de douleur et d'effroi, enfouissant dans la même terre ses cris et le corps de l'orphelin, avant de s'engager dans l'allée de sapins et de heurter à la porte de M. Condeau, qui est venu ouvrir après un moment si long qu'on aurait pu croire la maison inhabitée, même après que M. Condeau eut poussé une porte qui semblait dévoiler non pas un couloir ni un salon mais les ténèbres dont il paraissait sortir, avait dit ta tante qui avait vu s'entre-bâiller devant elle la même porte, bien des mois plus tard, sans rien obtenir de cet homme au regard lointain et qui souriait comme si rien de tout ça n'avait eu lieu.

C'était pourtant le même homme à qui Pierre-Marie, dans les habits du domestique, avait dû laisser découvrir la lettre paternelle avant d'expliquer que le jeune Lavolps lui avait demandé, comme s'il s'éveillait d'un long sommeil, ce qu'ils venaient faire là, si loin de Siom, dans cette demeure inconnue, puis s'était jeté sur lui pour lui dérober la lettre qu'il avait lue en silence, avant de s'approcher à nouveau, son couteau de chasse à la main ; si bien que lui, le domestique (disait Pierre-Marie), n'avait eu d'autre ressource que de tirer dans le ventre puis dans la figure, sa main guidée par un ange sévère, au cours de ce qui avait été un étrange combat, silencieux, presque aveugle, et dont il fallait que l'un des deux ne sortît pas vivant, avait raconté Pierre-Marie en imitant la voix et le parler du jeune Malcard.

« Il était donc sûr qu'on ne le reconnaîtrait jamais ? » demandai-je.

Il s'est défiguré, dit ma mère ; il fallait effacer tout visage. Il a dit à M. Condeau que dans leur lutte un coup était parti et lui avait brûlé la face.

Mais il n'y a eu que deux coups de feu, aurait pu dire M. Condeau, s'il n'avait fallu en finir au plus vite et prendre pour argent comptant la première vérité venue.

Et ensuite ? M. Condeau a téléphoné le lendemain à son ami Lavolps pour lui dire que l'affaire était conclue mais qu'il valait mieux qu'il gardât le jeune Malcard auprès de lui, par précaution ; par charité, aussi bien, car M. Condeau, malgré les apparences (un visage étroit et clos, des paupières lui voilant à demi des yeux d'une étonnante fixité, des mains très maigres et, surtout, une voix puissante et grave qui paraissait ne pas convenir à ce corps presque chétif), était un homme bon, selon ta tante. Il voyait bien que l'orphelin (celui qu'il supposait tel) n'avait plus rien à faire à Siom, chez les Lavolps, lesquels avaient fait courir le bruit que leur fils se trouvait désormais dans une institution spécialisée, dans les Alpes-de-Haute-Provence, où le climat était meilleur que sur les hautes terres limousines, alors qu'il vivait non loin de là, dans la Creuse, ayant pris non seulement le nom et l'apparence du domestique mais sa personnalité, persuadé qu'il pouvait en finir avec lui-même, avec cette image qu'on lui avait clouée dès l'enfance au visage, et qu'il était désormais cet orphelin à propos de qui les Lavolps diraient qu'il avait choisi de vivre ailleurs, dans le Midi, voulant comme tout le monde sa place au soleil.

VI

On a aussi raconté tout le contraire, dit ma mère : que c'est le domestique qui a tué le maître. Celui-ci avait lu à mi-voix la lettre du père ; cette lecture lui avait fait baisser la garde, et l'autre en avait profité pour lui reprendre le fusil, comme s'il avait deviné l'esprit, sinon le contenu, de la lettre. Pierre-Marie savait qu'il était venu là pour quelque chose de cet ordre : voir se lever vers lui ce fusil qui appartenait à son père, voir cette double bouche lui cracher au visage, être enfin débusqué de son innocence sans avoir, à aucun moment, tenté de fausser compagnie au domestique, indifférent peut-être à ce qui pouvait lui arriver depuis que Christine Râlé était morte et que le domestique lui avait dit que c'était lui, Pierre-Marie, qui l'avait tuée mais qu'il saurait garder le secret, alors qu'il aurait pu dire tout autre chose : qu'il avait, la nuit où il avait suivi son maître du côté de Peyre Nude, vu Pierre-Marie regardant, par-dessus la haie, une ombre épaisse et maladroite, celle, pourquoi pas, de Jacques Râlé, lequel avait coutume de braconner la nuit, quitter le champ où il découvrirait à l'aube le corps de sa sœur ; une ombre qui aurait aussi bien pu être celle de Louis Lavolps, avaient murmuré certains, très bas, comme s'ils craignaient de révéler quelque chose de plus terrible encore, mais non de moins vraisemblable.

Pierre-Marie s'était donc réfugié, tapi au plus profond de son innocence depuis que le monde était entré dans une nuit définitive, vivant dans l'attente d'un événement comme celui-là : non pas un châtiment (l'innocence peut-elle être punie ? se demandait ta tante), mais son propre meurtre, oui, une mort semblable à celle de la petite Râlé, quoique non précédée d'un viol, pour peu qu'on admette que la destruction de la figure humaine ne soit pas une forme de viol, surtout si elle est suivie d'une usurpation d'identité, le domestique prenant la place du fils avec des paroles à peu près semblables à celles qu'on suppose prononcées par Pierre-Marie, dans la première version des faits : une bagarre avait eu lieu à l'entrée du chemin, le coup de fusil était parti accidentellement, il avait traîné le corps sous les fougères, et M. Condeau était délivré, comme par le sort, d'une dette dont il savait qu'un jour (un de ces jours si lointains qu'on se dit qu'il ne viendra pas et qui se confond avec celui de notre mort) Louis Lavolps exigerait de lui le remboursement.

Et peu importe qui était mort, en fin de compte, ces deux-là, Pierre-Marie Lavolps et Luc Malcard, étant liés depuis longtemps, moins par le sang que par ce qu'il leur avait été donné de vivre ensemble ; comme des forçats au même banc, murmurait-on, à Siom, bien avant le meurtre de Christine Râlé, qu'aucun des deux n'avait probablement commis mais que Pierre-Marie ne pouvait pas ne pas être amené à expier, par la force des choses ou, si tu préfères, à cause d'une mèche de cheveux entre les doigts d'une morte ; quelques cheveux (que nul d'ailleurs n'avait vus) contre la parole d'un orphelin, un garçon dont la voix n'était pas même capable d'enrouler cette mèche aux doigts de la jeune morte ou de l'en ôter.

« La vie tenant à un cheveu, murmurai-je.

— À un poil de renard, dit ma mère.

— Et ensuite ? »

Ensuite la même confusion d'identité, des yeux et des lèvres qui se ferment, chacun y trouvant son compte, les noms et les visages étant au fond peu de chose en regard de l'innocence blessée ; et puis le domestique se glissant comme un furet dans le terrier du renard et vivant dans la maison de M. Condeau, lequel ne pouvait que garder près de lui celui qui avait accompli à sa place une tâche qu'on déguiserait en accident de chasse, d'abord avec l'intention d'en faire son homme à tout faire, pensant probablement qu'un garçon capable d'en tuer un autre sans en être autrement ému pourrait lui être utile.

Celui qui n'avait pas de père est devenu une sorte de fils, celui que Lucien Condeau n'avait pas eu et dont il ne cessait de rêver, comme tant d'hommes vieillissants, ce fils grandissant en songe dans la solitude de la Font-Nigre jusqu'à l'arrivée de Luc Malcard ou de Pierre-Marie Lavolps, en qui il avait trouvé à s'incarner, tant il est vrai que les vies imaginaires suivent leur cours en nous avec autant de sûreté que celui d'une rivière : celle, par exemple, que Lucien Condeau voyait luire comme un ventre de truite au fond de la vallée, derrière ses rideaux d'arbres, et qu'il savait trop peu profonde, pas assez éloignée de sa source, pour qu'on s'y noyât, se répétait-il depuis plus de vingt ans, depuis la mort de sa femme, pendant la dernière guerre, des suites d'un cancer, croyait-on savoir, encore qu'on ait dit autre chose : qu'on l'aurait aidée à mourir parce qu'il était impossible de se procurer de la morphine, en ce temps-là, et qu'elle souffrait le martyre, avec ses cris qui s'entendaient dans toute la vallée et faisaient croire que la pauvre femme était possédée du démon, empêchant de dormir les enfants, faisant tourner le lait des vaches, finissant par attirer l'attention des Allemands, racontait-on avec ces mots qu'on dresse contre la souffrance d'autrui, la vraie souffrance, celle qui n'a pas de fond et ne laisse plus que des hurlements, des cris, des plaintes qui ne sont pas l'ultime manifestation du vivant mais les prémices de la mort : son œuvre triomphale et obscène dans un corps encore jeune. Une mort, en tout cas, qu'on dit que Louis Lavolps est venu hâter, à la demande de son ami Condeau, étant, lui, on peut l'imaginer à cause de ses responsabilités dans le maquis, en possession de ces cachets de cyanure qu'on donnait à ceux qui craignaient de parler sous la torture.

Tel aurait été, de cette façon ou d'une autre (une balle de Luger dans la nuque, peut-être, avait dit ta tante), le service rendu par Louis Lavolps et en échange duquel il aurait demandé à son frère d'armes de le débarrasser (comment le dire autrement ?) de son fils ; lequel fils (selon une version différente et non moins extraordinaire, dit ma mère) leur serait revenu sous une forme à laquelle nul n'aurait jamais pensé : en fille, ayant compris, après le meurtre de Luc Malcard, qu'il ne fallait plus compter rester Pierre-Marie Lavolps, que quelque chose de lui était mort devant la Font-Nigre, et qu'il s'abandonnait dès lors à la femme qui se terrait en lui de la même façon que le renard dans son nom, devenant donc Marie-Pierre de Theix après s'être laissé pousser jusqu'aux épaules ses cheveux teints en brun, affinant une taille déjà mince, efféminant ses manières et sa voix, s'épilant, se rasant deux fois par jour, s'habillant en femme, demeurant chez M. Condeau tout le temps nécessaire à ce que la femme prît possession de lui, puis revenant à Siom, chez les Lavolps, qui le firent passer pour une nièce lointaine qui venait de perdre ses parents en Algérie et qu'on recueillait comme on avait autrefois recueilli le petit Malcard.

Celui-ci était allé, disait-on, tenter sa chance ailleurs, non pas aux colonies, vu qu'avec la guerre d'Algérie allait s'achever l'empire colonial, mais en Amérique, même si d'aucuns assuraient l'avoir aperçu à Limoges ou à Clermont-

Ferrand, le rêve, une fois encore, se confondant avec la réalité, un peu comme Pierre-Marie était devenu cette Marie-Pierre qu'on voyait se promener sur la lande, le visage mangé par l'ombre d'un grand chapeau de paille ou, l'hiver, par une toque de fourrure à la russe, avenante et sauvage tout à la fois, les yeux fragiles, le plus souvent dissimulés derrière des lunettes de soleil, la voix claire et mesurée, intimidante, jamais prête à parler pour ne rien dire. Les parents se prêtaient à cette comédie qui ne pouvait durer, à cause surtout de Mme Lavolps, dont les sentiments religieux ne pouvaient pas ne pas être heurtés par cette mascarade, cette métamorphose qui ne lui rendait nullement son fils, et déclarant le préférer mort plutôt que sous cette forme odieuse, oui, mort et criminel plutôt que ça, parce qu'un criminel garde toujours quelque chose d'innocent qui a trait à la fulgurance de son geste, tandis que le vice n'est qu'une tentative raisonnée, opiniâtre, donc la moins pardonnable, sinon impardonnable, pour aménager le crime dans la vie quotidienne : l'exception élevée au rang d'exemple où il défie non pas la vertu, puisque celle-ci n'existe que comme contraire du vice, mais l'innocence, c'est-à-dire la forme rêvée de l'état filial, aurait pu se dire Mme Lavolps, si cette version des faits avait pu être établie et si on n'avait fini par apprendre de source sûre que la jeune fille qui vécut un temps à la Sestérée était bien une nièce de Mme Lavolps, la fille d'un de ses frères, officier de carrière dont l'épouse avait été tuée rue d'Isly, à Alger, et qui ne pouvait s'en occuper seul.

Mais abandonnons cette hypothèse, dit ma mère, inacceptable pour Mme Lavolps et pour un pays comme celui de Siom, où nul n'avait jamais vu d'inverti, sinon ce fils d'une femme originaire de Siom et qui ne revenait plus en Limousin que pendant les vacances en compagnie de ce jeune Alain que les frères Lontrade et les frères Billy avaient tenté de faire dépuceler par une fille publique, dans un bordel de Limoges, pour le guérir de son vice. Faisons tomber au rang de légende cette version des faits, invraisemblable pour un Jacques Râlé (ces Râlé qu'on avait presque oubliés, et qui allaient se rappeler aux Lavolps d'une bien étrange façon) dont on peut penser qu'il n'aurait pas manqué, flairant la supercherie, d'aller débusquer Pierre-Marie dans son féminin terrier.

VII

On peut voir au fond du parc entourant la Font-Nigre ce que d'aucuns prétendent avoir aperçu dans le parc de la Sestérée : une sorte de tombe, dit ma mère. Un monticule que rien ne distinguerait des autres bosses de ce terrain depuis longtemps à l'abandon, sinon sa forme oblongue, étroite, cependant sans croix ni pierre levée, ni arbre à l'ombrage protecteur, pas même ce buisson de houx qu'avait rêvé d'y planter Mme Lavolps. C'est là que les Lavolps sont venus se recueillir, chaque année, au début du mois d'octobre, sans jamais entrer dans la maison de M. Condeau ni voir personne qui pût laisser penser qu'il vivait encore quelqu'un sur cette hauteur reculée. Pèlerinage qui a eu lieu jusqu'à la mort de Mme Lavolps, dans les dernières années du siècle, celle-ci ayant survécu une quinzaine d'années à son époux et enterrée non dans le parc où elle aurait tant voulu reposer, elle aussi, mais au cimetière de Tarnac, dans le caveau de la famille Theix.

On dit que, dans les jours qui ont suivi la mort de son fils, M. Lavolps s'est rendu sur cette tombe non pas avec sa femme mais avec l'aîné des Râlé venu lui représenter qu'il n'avait toujours pas la preuve que Pierre-Marie était mort et qui l'aurait bien ouverte, cette tombe, pour s'assurer que le fils y gisait, mais qui dut se contenter de flairer la terre, longuement, en remuant les narines, hésitant, soupçonneux, doutant si la chemise tachée de sang et de poudre montrée par Louis Lavolps était bien celle du fils mort, et finissant par murmurer : « Qu'il repose en paix... » ou quelque chose de ce genre, parce qu'il faut bien que tout ait une fin, la peine comme la haine, et que l'idée de la paix, de l'oubli, sinon du pardon, soit enfin évoquée, l'homme se lassant de tout, y compris de ses obsessions, fussent-elles maladives comme celles d'un Jacques Râlé depuis tant d'années habité d'une sorte de rage muée en sourde haine, par lassitude ou sous l'effet d'une mélancolie qui ne trouve plus à se nourrir que d'elle-même.

« Il existe une dernière version », dis-je.

Quelque chose de plus terrible, dit ma mère et qui fait basculer ces personnages au plus bas d'eux-mêmes, dans ces zones où le pire est toujours à venir, et l'invraisemblance le signe du démon.

Car c'est le propre de l'homme possédé du démon que de rendre le pire infiniment possible, disait ta tante, qui croyait savoir que Pierre-Marie n'avait pas été emmené chez M. Condeau par le jeune Malcard, oublions cette branche de l'histoire, peut-être trop belle pour être vraie, malgré tout, et rangeons-nous à l'avis de ceux qui, à Siom, racontent que si Luc Malcard avait bien vu l'aîné des Râlé, la nuit du crime, dans le pré où était morte sa sœur, ce dernier n'avait trouvé nulle mèche entre les doigts de la jeune morte et n'avait par conséquent rien à négocier avec le père, sinon une mèche de paroles. M. Lavolps le tenait de Luc Malcard ; il le dit au grand Râlé, qui se contenta de répondre qu'il abattrait Pierre-Marie, un jour, dans un an ou dans dix, ou tout de suite.

« Tu es une bête, et tu finiras comme une bête », avait rétorqué Louis Lavolps en décidant d'éloigner son fils de Siom au plus vite, faisant jouer ses relations pour le faire s'engager dans la Légion étrangère, sous un autre nom, de sorte qu'il n'existât plus en tant que Lavolps et que, s'il était coupable, il fût soumis au jugement de Dieu, en Algérie, où les combats faisaient rage.

On peut imaginer que les frères Râlé ont fini par l'apprendre, tout se sachant à la longue, le sens du secret s'évanouissant avec celui de l'honneur et de la famille. Les jumeaux étaient eux aussi en âge d'être appelés sous les drapeaux ; ils ont devancé l'appel, sans doute indignés de ce que leurs frères, en vieillissant, semblaient renoncer à venger leur honneur. Ils ont réussi à se faire affecter à la même compagnie que celui qui n'était plus Pierre-Marie Lavolps sans être pour autant quelqu'un d'autre, le même et cet autre dont je tairai le nom (et dont nous tous, ici, à Siom, avons tenu à garder le nom secret), dans les Aurès, où ils ont fini par avoir sa peau — expression d'autant plus juste qu'ils ne se sont pas contentés de l'abattre dans la confusion du combat, mais qu'ils l'ont veillé, ce corps, à la morgue de l'hôpital, où il attendait son retour en métropole —, lui faisant subir des sévices du même ordre que ceux qu'infligeaient les fellaghas aux soldats français, le mutilant, prélevant sur lui, dans le silence de la morgue où ils avaient sans doute acheté la complicité d'un infirmier, autant de parties qu'il y avait de frères, et une pour la sœur, a-t-on dit, les oreilles, le nez, les doigts, et la verge, comme les tirailleurs sénégalais, pendant la Grande Guerre, avec les oreilles des soldats allemands.

On dit qu'ils ont rapporté à Siom ces reliefs séchés au soleil et enrobés de sel, dans des boîtes de biscuits ou de café sur lesquelles on voyait encore les images qui enchantaient leurs matins d'enfance. Ils les auraient rapportés, une fois démobilisés, non pas à leurs frères mais chez les Lavolps, où ils se sont présentés de la même façon que les fois précédentes, sauf que le frère aîné était accompagné des jumeaux, qui ont déposé ces reliques sur la table d'acajou de la salle à manger en disant à M. Lavolps qu'ils avaient fait justice eux-mêmes puisque lui, M. Lavolps, n'avait pas tenu parole, et que la parole d'un homme, aujourd'hui, ne valait plus grand-chose.

Nul ne sait ce que Louis Lavolps a dit devant ces restes dont il pouvait légitimement douter s'ils étaient ceux de son fils, officiellement tué par un obus de mortier et si abîmé qu'il avait fallu renoncer à l'embaumer, lui avait fait savoir l'état-major. Il était soudain las de souffrir. Il comprenait les choses autrement. Il a peut-être pensé que c'était là tout ce que les Râlé avaient pu sauver de ce corps qu'on avait dû abandonner pendant plusieurs jours sur le terrain aux oiseaux et aux bêtes ; que ce qu'ils avaient accompli était moins une barbare vengeance qu'une façon d'en finir avec cette histoire, que l'affaire était close, qu'ils avaient renoncé à finir d'habiller avec ces restes le mannequin d'osier qu'ils avaient songé à promener dans Siom, lui avaient-ils dit, avant de venir le planter à l'entrée de la Sestérée, oui, qu'ils avaient compris que tout ça était à présent trop vieux, et d'un autre âge, et qu'il fallait que le silence retombe là comme le pardon sur des têtes d'enfants, ou encore, dit ma mère, comme une main couleur de neige, à l'aube, sur la lande.

DU MÊME AUTEUR

Aux Éditions Gallimard

LA VOIX D'ALTO, 2001 (« Folio », n° 3905).
LE RENARD DANS LE NOM, 2003 (« Folio », n° 4114).
MA VIE PARMI LES OMBRES, 2003 (« Folio », n° 4225).
MUSIQUE SECRÈTE, 2004.
HARCÈLEMENT LITTÉRAIRE, entretiens avec Delphine Descaves et Thierry Cecille, 2005.
LE GOÛT DES FEMMES LAIDES, 2005 (« Folio », n° 4475).
DÉVORATIONS, 2006.
L'ART DU BREF, Le Cabinet des lettrés, 2006.

Aux Éditions Champ Vallon

LE SENTIMENT DE LA LANGUE I & II, 1986-1990.
BEYROUTH, 1987.

Aux Éditions Dar An-Nahar, Beyrouth

L'ACCENT IMPUR, 2001.

Aux Éditions Fata Morgana

LE PLUS HAUT MIROIR, 1986.
CITÉ PERDUE, 1998.
LE DERNIER ÉCRIVAIN, 2005.

Aux Éditions François Janaud

AUTRES JEUNES FILLES, avec des dessins d'Ernest Pignon-Ernest, 1998.

Aux Éditions P.O.L

L'INVENTION DU CORPS DE SAINT MARC, 1983.
L'INNOCENCE, 1984.
SEPT PASSIONS SINGULIÈRES, 1985.
L'ANGÉLUS, 1988 (« Folio », n° 3506).
LA CHAMBRE D'IVOIRE, 1989 (« Folio », n° 3506).
LAURA MENDOZA, 1991.
ACCOMPAGNEMENT, 1991.
L'ÉCRIVAIN SIRIEIX, 1992 (« Folio », n° 3506).
LE CHANT DES ADOLESCENTES, 1993.
CŒUR BLANC, 1994.
LA GLOIRE DES PYTHRE, 1995 (« Folio », n° 3018).
L'AMOUR MENDIANT, 1995.
L'AMOUR DES TROIS SŒURS PIALE, 1997 (« Folio », n° 3199).
LAUVE LE PUR, 2000 (« Folio », n° 3588).

Aux Éditions de La Table Ronde

LE SENTIMENT DE LA LANGUE I, II, III, 1993. Prix de l'Essai de l'Académie française, 1994.
UN BALCON À BEYROUTH, 1994 (repris en « Petite Vermillon », 2005).
LE CAVALIER SIOMOIS, 2004.
FENÊTRE AU CRÉPUSCULE, conversation avec Chantal Lapeyre-Desmaison, 2004.

Aux Éditions Fayard

POUR LA MUSIQUE CONTEMPORAINE, 2004.

Composition Imprimerie Floch.
Impression Société Nouvelle Firmin-Didot
à Mesnil-sur-l'Estrée, le 5 mars 2007.
Dépôt légal : mars 2007.
1er dépôt légal dans la collection : octobre 2004.
Numéro d'imprimeur : 84186.

ISBN 978-2-07-031676-2/Imprimé en France.

149065